阅读即行动

张浅潜

著

我的四方履志
与
情爱

生活·讀書·新知 三联书店 生活書店出版有限公司

Copyright © 2024 by Life Bookstore Publishing Co. Ltd.
All Rights Reserved.
本作品版权由生活书店出版有限公司所有。
未经许可，不得翻印。

图书在版编目（CIP）数据

我的四方履志与情爱 / 张浅潜著. -- 北京：生活书店出版有限公司，2024.9. -- ISBN 978－7－80768－484－8

Ⅰ．I267

中国国家版本馆 CIP 数据核字第 2024QM2406 号

责任编辑	欧阳帆	
特约编辑	金子淇	
装帧设计	张　卉	
责任印制	孙　明	
出版发行	生活書店 出版有限公司	
	（北京市东城区美术馆东街 22 号）	
邮　　编	100010	
经　　销	新华书店	
印　　刷	北京启航东方印刷有限公司	
版　　次	2024 年 10 月北京第 1 版	
	2024 年 10 月北京第 1 次印刷	
开　　本	787 毫米 × 1092 毫米　1/32　印张 7.25	
字　　数	110 千字	
印　　数	0,001-4,000 册	
定　　价	69.00 元	

（印装查询：010-64004884；邮购查询：010-64052612）

床是我的船，它带着我航行，我在海浪中歌唱！

前言

我弹尽粮绝，我呼喊歌唱

我马不停蹄，我走在路上

    我首先回顾了十二年以来的一段历程，那时一个孤单的女孩子在人间的旅行顺畅而多情、忧郁而富有活力。这期间，有我的选择，面对爱与生活时的理想的选择。我遭遇过许多人，面对过孤独、悲伤，生活在某个角落，为了在这个社会找到一片芬芳的园地而勤奋地活着。和大多数未经世事的朋友与走在自己路上的陌生人一样，我的世界充满用语和喧嚣的噪音，也有繁华的种种诱惑。后来，我再一次需要选择。在我头一次主动去面对我真实的人生时，我感觉到音乐的力量、美的动力，和对一个新世界的向往。那时候的我已经是个26岁的大姑娘了，我的脸充实、整洁、干净，我的内心是激昂的，并且膨胀着骨子里的高傲，因为曾经的我是那么年轻漂亮。一切属于美丽女性的气质在我的身体里跳动着，我感到自己是有运气的。

在生活发生各种转变的时候，我考过戏剧学院也演过小品，更在各种杂志与电视上亮相。那时候，成功是轻而易举的，仿佛得来全不费功夫。我知道，尽管我有许多才华和梦幻，但真正的时刻还在路上，还在充满光明的未来。

我依然是个不太容易打开心胸的姑娘。在人生的路上我遭遇过挫折、欺瞒和为利所动，也许这些都是一个女孩必然的经历，但我懂，无论经历何样困顿、艰难与矛盾，我都得自己战斗，我得坚强。

2004，北新桥

目录

我与生活

午夜游客　3

漂泊的天堂　7

鱼　12

明信片　16

我的猫　20

我的大学　25

彼得·潘的生活　30

夜与建筑　37

夜无敌　41

五月的牧歌　43

旋转的光　45

我与艺术	香格里拉	51
	文字的灵魂	53
	世界是零我是一	60
	终结者的秘密	62
	琴键间的爱	65
	梦的写实	68
	雪国的梦	71
我与情感	深河	77
	风中的音符	79
	另一种爱	82
	忘了她	86
	小丸子	89
	B-502	94
	飘荡的歌谣	99
	山水爱人	106
	春光漫漫	109
	风之舞	112
	双重坠落	117
	暗夜妖娆	119

故乡与城市　　我与北京　　　　　　　　　　123

　　　　　　　　万象家园：记忆广州　　　　127

　　　　　　　　广源路　　　　　　　　　　133

　　　　　　　　记忆与牵绊　　　　　　　　137

　　　　　　　　昆仑琐记：我与青海　　　　140

　　　　　　　　西部的色彩　　　　　　　　145

　　　　　　　　故土　　　　　　　　　　　147

　　　　　　　　山　　　　　　　　　　　　150

　　　　　　　　牦牛圈　　　　　　　　　　152

　　　　　　　　童年之歌　　　　　　　　　159

　　　　　　　　梦境德令哈　　　　　　　　164

　　　　　　　　我的甘肃　　　　　　　　　168

　　　　　　　　写在旅途　　　　　　　　　174

　　　　　　　　麻地丸　　　　　　　　　　177

　　　　　　　　玉树，玉树，我的玉树　　　180

我与人世　　　灰砾　　　　　　　　　　　187

　　　　　　　　生命中的爱　　　　　　　　189

　　　　　　　　父亲　　　　　　　　　　　195

　　　　　　　　西部之情　　　　　　　　　198

　　　　　　　　老友记　　　　　　　　　　201

流星	204
盲流岁月	208
绘画	211
装在箱子里的女孩	213
我的演员梦	216
野年	220
后记　我问青春常在	223

我与生活

我们像蒲公英一样,落到哪儿,哪儿就是我们的家。

午夜游客

想有个房子,做出可口的美味,迎来八方朋友,这就是生活。再加上一双分担甘苦的肩膀,世界和你近在咫尺,又远隔万里。我在深夜的郑州下车,在午夜的街头带着电脑寻找旅社,电梯把我带到一个僻窄、暗无人迹的角落。在写着莫名名称的招牌外面,在爬上楼梯的时候,有一种无人制造的恐惧感迅速袭击了我。我知道我肯定是来错了地方,这些打着快捷酒店名义的地方,在什么大楼里搞几个房子,贴几个招牌,迅速把我带到电影里那些荒诞的场景中。

在这些昏暗无人的地方,会上演什么故事和情景?会遇到什么危险吗?我即刻决定离开那个使我心脏乱跳的地方。为什么要节省五百元,不赶回北京呢?北京今晚对我很重要啊。周六,甜蜜的日子,每到这一天,我总觉得有我心爱的人。

那种流浪和无依的恐惧感又袭来了，就好像我随人流出了站台，紧接着的是硕大无人的广场。我经过那些旅行的人流，意识到打车能去的地方无非就是伫立在街边的客栈与酒店。我找寻了几处，在深夜的陌生街头，始终无处安身，越发觉得凄惶与寥落。

我拖着沉重的行李，越发觉得应该随那个在车上一起聊天的姑娘在站内买票继续北上，前往我寄住了多年的"故乡"北京。在辗转几个地点，不得已地看着路边陌生的姑娘在深夜的街头纳凉之后，我只能拖着装有电脑和衣物的袋子进入一个豪华的酒店。我有点羞涩地询问酒店大堂服务员，希望她能提供可以住宿的、价格合适的房间。

想见一两个多年未联系的朋友。这就是十多年来无依的感受。这个我去年六月来过的驿站，在午夜显得那么像庞然大物。出门数日，我无非就是像在异地漂流的船只，回归不了家园，缺少一副疼我的肩膀和担当的勇气。

如果这是另一部电影，我想现在我可能已经穿过下午买火车票的排长队的队伍，乘坐有空调的大巴去机场随意买一对回家的穿梭机翼。那样随意、自由的格调真是我时刻向往的。

"世界和你近在咫尺,又远隔万里。"

那是我奋斗了很多年的地方，一个我无法依赖又无法摆脱的地方，更是我从青年到中年长大的地方。就像一棵植物，我一直努力地生长，汲取着生命给予我的营养和水分，汲取阳光给我的眼泪和汗水，汲取着一切生命的本能，渴望活得强大、精彩，而且真实。

漂泊的天堂

我住过十几个地方,最后的感受就是越搬越上了瘾。总体地说,我喜欢流浪,四海为家,把搬家当作一首歌,我已经唱了有好几年。

自来北京打天下,就不缺少和房东打交道的经验。形形色色各式各样的人见得多了,也就有个大体的概念和印象。房东与房客常各取所需,各有悲欢。人间万象,尽在其中。

第一位房东在我印象中是个矮胖、奇丑的女人,家在外交公寓处住。两公婆大概在双井有一处放置杂物的二居室,在赚钱的潮流涌动中,自然不会放过每一位上门的房客,我便是其中之一。起初,一个朋友,就算我们中间人的程生说,那房子还行。其实他也没看过,但毕竟我们是要相信人家的,尤其是我又着急租房,急于把自己在北京的落脚点放在一个可靠的朋友身上,不管是熟还是不熟。

"还没来得及整理我的前途,我已经被时代的大军抛离……"

后来就这样，我搬到了那每月要付1500元高额租金的有着蟑螂和臭虫的客厅加卧室中。本有两间屋子，其中一个屋子进不去。按我的经济头脑，我这么本来好好地在朋友那儿寄住，用不着兴师动众，也大可不必马上把自己安置在租房一列中。就这样，我在丝毫没掌握北京租房的利益关系时，就步入了泱泱租房大军之中。并久而久之视租房为自己的生活方式，直到习以为常，并习惯如此。

都说买房不如租房，我可不这么认为，这都是没吃过葡萄就说葡萄酸，要么就是买了房地点价格挑得不合适才这样说的。

后来，我就那样住在了与臭虫蟑螂为伍的两居室里。房东太太对我不错，毕竟老公职位相当高，是国家政工人员，有点文化。租房的头一天，房东太太就领我去她家在北京城二环内的居室。当房东太太从她家那布置得满满当当的客厅一侧，拿出高个老公带其去雅典以及尼罗河畔等国家旅游的照片，我没想好自己将来是做个外交部人员的太太好，还是做个有二居室的出租房屋的老板好。

告别了外交官太太房东肥胖的老脸，我转而投入了寻找第二条通往出租屋道路的汪洋大海。可是漫漫人生，哪里再找一个可以安落我疲惫灵魂的地方？

　　就这样，我又租住在了一位澳大利亚驻北京使馆什么官员的太太家里。

　　第二位房东太太有一双扑闪着睫毛的大眼睛。从见面第一眼，我就觉得她心里藏着好像看不见的忧郁，那忧郁就好像燕山湖里的石头，沉得挺深的，也说不上是为什么。反正，我经过了不少风吹雨打，又落户于与外交人员有关的染色体中，成了一个居住在城市中心的流浪青年。

　　那时候，我的客居身份还未转变为大众所知的名词：文艺青年，我总觉得是艺术在搞我。所以，我就也像房东太太那样，把我的真实身份用青海人特有的深沉给包装起来了。

　　这样，每当我形单影只的时候，正好低着我那发烧的脑袋，倾听房东太太忧郁大眼睛里的故事。作为回报，我也会偶尔抖落点我的私人事件。在我离开她家的时候，我正好把我那件美丽漂亮、在香港买的格子呢裙送给了澳大利亚使馆的太太。

　　后来，我想起自己的好日子，就有些后悔，那是我曾经在好日子里的一个象征品呀，怎么就轻易地送人了呢，人家可是比你有钱得多。

踏上了租房的贼船,休想回头是岸。还没来得及整理我的前途,我已经被时代的大军抛离到一个叫安家楼的孤岛。从此以后,境况也随着我越住越偏,而离开了我原有的社交圈子,什么party,什么时尚圈的活动、明星云云,都与我无关了。

我成了一只即将要飞回北方的大雁。冬天来了,我还打算继续我的租房生活吗?

鱼

曾经我有两条鱼，一条大的，一条小的，大的像KO，小的像我。它们是我在一个冬天的下午在家附近的市场买的。因为很少养鱼，于是不久，大的那条就得了病，可能是那条叫"张富贵"的小的经常咬它。我们给大的那条起名叫"高玉宝"，随了它爹的姓。可能是命运的安排吧，不久，在我的一次导演实习的生活中，我不小心把"高玉宝"给弄死了。主要原因是我在拍摄我的MV小短片时，没有帮手，又缺道具和演员，所以我一个人连抓带握地把"高玉宝"弄在我的镜头前近二十分钟。想想看，一条鱼离开水五分钟就会昏迷，十分钟就会窒息。在这漫长的二十分钟里，可怜的"高玉宝"既是一位不会说话的"演员"，又是一条不能为自己命运做主的生命。在漫长的时间流逝中，在穿过我家那些倒挂在墙上的看似枝繁叶茂的树杈，并经历了空气和氧的流失，以及我因手酸而将它狠狠掉落在地上的疼痛后，待我将"高玉宝"从阳光灿烂的窗前转到它的水盆安乐窝里时，它已经奄奄一息了。为了弥补我片中的不足，在那天院里邻居家死了人的过程中，我居然又扛着"高玉宝"危在旦夕的身体，让它在一片哭号的吹打声中停留在我镜头前片刻，直到把最后的镜头对准了遥远天边刺眼的太阳。

在小小镜头的光合作用中，阳光的速度和色彩形成一个神奇的十字架，我为自己的创意深深陶醉了。

"高玉宝"死后的几天，我把它晾在那间它曾经呼吸过新鲜空气的阳台上。作为纪念也作为一件艺术作品，我把它装进一张空了的塑料CD封套中，并为它拍照留影，作为告别。

少了"高玉宝"的日子也许并不好受，但是这不妨碍我们继续去爱着"张富贵"。别看"张富贵"小，可是它的性格确实很像我——平时除了对KO打骂还喜欢管他问他，没事时也不想给他自由，每当他去排练的时候，我更是火上浇油，好像公司的事全是他弄坏的。也是奇怪吧，自从没有"高玉宝"以后，"张富贵"身上不久也有了一个疮。最近我发现它身上的疮越来越大了，而且好像很孤独的样子，也许没有伴儿并不是件好事。

每天我醒来的第一件事就是给"张富贵"换水、喂食。有时怕它吃多了，总是声色严厉地责怪 KO 给它的太多了。我最近给它买了个别人家里常用的玻璃鱼缸，这样一来，它的心情就比以往要好多了。随着夏天的到来，我将屋里的东西收拾到阳台上，在有着大大玻璃窗的阳台上，紫色的花开在书桌上，堆满书和纸的桌面上，我那可爱的"张富贵"在透着阳光和空气的水里，慢慢地游动着，四周是水银般光洁而漂亮的鱼缸。

不管怎么说，有一个伴儿在身边的时候，即使没有爱情，也可以过得很"生活"，这便是两个人在一起生活的好处。而我也应该为我那宝贝的"张富贵"找条像样的同伴了，就像我和 KO 一样。尽管在不远的将来，我们的重逢是又一次告别，但在走过的路上，在那些风雨相伴的日子里，我知道，他所拥有的将是我所没有的绚丽和笔直，愿阳光时刻给他快乐成长的理由。

如果简单的生活就是这样，我从不后悔。

鱼的故事还未讲完，而我的这段生活已经画上句号，我想一切都是上帝的安排。如果说我勇敢接受这一切，那我为什么不坦然接受"高玉宝"的选择呢。在没有水的日子里，依然做着鱼的角色，并需要学会时常嘲笑自己的处境。但如果KO他们能做成功，也许也是一种安慰。谁让自己是"张富贵"，对于"张富贵"来说，音乐就像它的氧和空气，没有了它们，它就形同不辞而别的"高玉宝"，而如果我没有看错，可爱的、还在缸中游动的"张富贵"就像我曾经的那首歌里说的一样，对这个世界是有很多话要说的。

明信片

到现在,我仍是个十分花心的人。无论对什么东西,都会黏上一段时间,玩上一会儿,并不求发展,也不求精通,只逍遥于玩乐时的快感,十分地随性。

艺校刚毕业那会儿,在一家市级剧团上班。因为那家单位和其他文艺团体一样,都是有业务才排练演出,所谓的业务也是年尾下乡、年头总结汇报,所以平时基本都没什么事。每月拿着120元工资,除了按时点个大名,报个小到,便是十分自由。

那时,我年纪轻轻,一心要做一番事业,又不晓得在那样物质和精神都稀薄贫乏的地方,去实现哪一种梦想算是比较合适。而选择离开那儿,似乎一切还准备不足,至少那时,上大学去发奋的心愿还没有找着由头。

整日闲着,又无所事事,不知怎么安顿自己,时而去团里的办公室弹琴练手,一时觉得充满兴趣,三两天后又

疏懒于人多眼杂、没有空闲的场所，提起来的耐心又归于乌有。那时，家住在部队，爸爸在草原练兵，妈妈自己学了裁缝，租了住房，在外面开了小铺。我闲来就在那儿归拢了一些画报、布片，统统安排在我收集的硬纸片上。上学期间，后来已分手的男友就着自己的美术学业，教会了我许多工艺制作的小技巧。因为那段学习，两个人的情意也在艺术小作品里创造出了浪漫温馨的感觉。至今还记得那个已在记忆中淡漠的人那会儿为我临摹的帕格尼尼画像，在墙上一直贴到我毕业为止。

大概由于和男友的分开，加之生活安排上的普通平常，心境十分地寡淡，于是，做起喜欢的东西也十分地用情，大概寄情于物便是如此了。逐渐剪剪贴贴地做了些美丽十足的明信片，那些画报上的边边角角与各种颜色竟被利用得十分恰当。大概落满了十分精细的心思与细致的感情，有些形象便越看越喜欢，十分生动。后来，犹豫了很久，还是把它们送给了我最好的朋友，现在想来，十分怀念。

以后未有动过这方面的手艺，也再未那样精心制作过小小私人的明信片，但每次在新年之际看到不同大小、不同花色、镀银又镀金的贺卡，总觉得没有自己曾做过的那些打动人心。至少那份寄情于此的感动是没有的了。还有什么比在一张小小的、自己制作的贺卡里,感受着一份创作的喜悦更令人得意与满足呢?

我的猫

我一共养过两只猫,现在都不见了。有时候,想起和它们在一起的岁月,我的心特别地悲哀,就像爱过一个人,没有给过他应有的关怀、温暖,还虐待过他,那种滋味只有自己知道。

在我养的那两只猫里,大的叫"兜兜",小的叫"小不点儿"。

先听我介绍"小不点儿":它样貌奇丑,性格里颇有些沉默。它讨巧、可爱,颇通人性,像那种很懂事的小孩,你寂寞的时候它会跳上你的膝盖,做温柔状,乖乖地与你相伴,好像懂人的心思。它真是特立独行的,像某一类有点儿心眼的人,横竖你怎么与它打闹,人家对你那一套根本不理不睬。只因这般,我才特别地喜爱它。如果它会说话,我一定要它做我的弟弟,但它长得可是所有猫猫里最丑的一个,两粒眼屎总是挂在脸上,屁股尾巴上总挂着擦不干净的屎点儿。加上从一生下来我抱过来养,就没有给它一个养成讲卫生习惯的环境,于是它不像绝大多数猫猫那样知书达礼,你在我家任何地方都能闻见它"作品"的味道。

人生就是把最初的岩石心态打磨成鹅卵石的状态——静静躺在人生大河之中。对猫猫"兜兜"也可说有如此一番教义。

"兜兜"的命运、性情和"小不点儿"完全不同,它桀骜、顽皮,有些自己的头脑,爱偷吃东西,见腥就上。然而在我的手中,它的待遇和运气就比"小不点儿"要差得多了。我疼小的,凡有鱼和肉类,必定先给小的,就像疼自己的骨肉般关切它的成长。而对那有对蓝眼睛,总是那么上蹿下跳的"兜兜",就完全失去了耐心和好感。我反感它的好奇,讨厌它对什么都能捕捉到的机灵,它的悲伤引起我的难过。就像乖蹇命运中的人一样,你越是要超越自身的困境,周遭的空间就越发压抑。

我把"兜兜"关在阳台,和"小不点儿"在屋里共同品尝夜晚温暖的黄色灯光和美味晚餐。隔着大块透明的玻璃,"兜兜"几乎把门都要撞破,我也没有给它开门。我掌握着它欢乐与悲伤的尺度。幸亏它的年纪还没有上升到"谈婚论嫁"一级,要不,我会很冷血地将它的未来归到无法再享受两性间美妙关系的那一类,把它像现代宠物一样给"骟"了。幸亏我还不会那么残忍。

两位猫猫很少同盟,它们的性格一柔一刚。"小不点儿"中庸,因此获得全部。"兜兜"喜欢反抗,喜欢对任何不平报以怨声,最后它长住阳台。出于伙伴情义,"小不点儿"每次看到"兜兜"在窗外号叫,都会轻轻对我发出喵喵之声。它的恻隐之心让我大动感情,看在那可爱、悲悯神情的分上,最后我放"兜兜"进入室内。

与恋我的"小不点儿"相比,"兜兜"总是自立,它从不期望从我这儿得到更多。不久它发现了一个温暖的好去处,就是我经常写字的电脑的后箱。那里热,暖和便意味着更多的安全,于是在吃饱了饭的夜晚,它总是窝在我热烘烘的电脑后箱上,无辜的眼神中流露出无知无畏的神情。有时,在我们无声的对视中会浮现我打过它几次的记忆,每当这时候,它都会转过脸去,把无辜的眼神投向一个它感兴趣的地方。

是的，它从不在我们对视的眼光里试图打量我一番。在它的眼中，我除了是个地道的暴君，还是一个孤独无助的老处女！

2004.11

"人生就是把最初的岩石心态打磨成鹅卵石的状态
——静静躺在人生大河之中。"

我的大学

生活正以十二公里每小时的时速把我推向一个我来不及思考就必须紧跟其上的历程。这速度令我必须以周密的态度回顾我的过去,并且同时合理地设计出我灿烂的前程。

如果说广州是我漂流生活的前奏,那北京就像奏鸣曲中的华彩乐章。

初次来北京的那年是1992年,那是处在朦胧状态中的北京。那一年,改革的风吹往南面,而在我心中那个神圣而遥远的首都,一切还处在萌芽状态。一切还未苏醒,夜晚的霓虹灯下是人们早早安歇的生活,长安街上的建国饭店门口只有少数的外餐酒吧。但是,保守状态下的北京,却是无数未来弄潮儿的开天之地。

作为其中一个默默无闻的信徒,我既是好奇的,也是奋勇的。生活的大门向我敞开着,我决心要用自己的勇气开辟一个新的天地。的确,我是这样想的。

1996年的北京就像我后来写在日记里的那样，是在一个大的氛围中酝酿着小云雨的世界。这个不太现代的都市虽然干燥，每年春天沙尘暴以四十公里每小时的速度袭来，但阻挡不了众多青年因为文化圣地的名头而对它产生的向往。我也是其中一个朝拜之徒，带着久久的期待和压抑在心中很多年的感情，踏上了航空公司的飞机。

1996年，我终于丢下广州的生活，离开了那喧闹纷杂又十分寂寞的城市。曾居住的墙壁白净的九层公寓顶楼，每天会有一架飞机准时在九点飞过，现在，终于可以不再听它的轰鸣了。

没错！北京是梦想家们的乐园，也是无数心怀斗志的志士们实践自我的乐土。这里是艺术青年们心目中的文化摇篮，也是世俗斗争的权力中心。在长安街宽阔的马路上，你不知自己是否会是明日太阳下的骄子，坐在宽敞的奔驰车中得意把这个城市打量。

这里每天上演着无数的人间悲喜剧，也发生着有目共睹的人间闹剧。无数明星商贾如蚂蚁蝗虫般在商业的丛林间乌泱泱翻滚，无数的青年为理想从四面八方蜂拥而至。从到北京起，我的生活便有了明显的变化。它像一本书上

"无尽的志气就像树杈长在我的胸口。"

的标点符号，记载着我从一个地方到另一个地方的跋涉，它像一个停靠的港湾，装载着我的成长、烦恼和忧郁。

那时候，五环还没有修建。二环路下的地铁在我矫健的脚步声中轰隆隆穿过这个城市的心脏。在我充满渴盼的眼睛里，笔直的长安街不仅仅是人们眼中的一条普通的马路，而且是我和梦想结合、实现自我的地方。的确，亮丽的我充满血性、野气，我不知道狂乱的生活最终会将我带向何方，也不知美好的生活又终将是怎么样。

当我还是个不知世事、一脸自卑的羞涩少年时，无尽的志气就像树杈长在我的胸口。当它们有一天与我的雄心连成一片时，令我激动的不是看见了那象征着首都的毛主席像和天安门城楼，而是我被征服世界的欲望给召唤着。也就在那时候，我知道，这是一个激动人心的地方，也是一个令人向往的所在。

回望与它相守的岁岁年年，回首与它共度的朝朝暮暮。我常常漫步于后海的路边，看酒吧咖啡馆的灯火闪烁，看月光在湖面洒下银辉，与夜色交汇。那沉默的胡同里亮灯的人家含着多少温情故事。白天，它是一道展览出来的风景，没有秘密的隐私；夜晚，它是故人的巢穴，那华贵的故宫和曾经雍容的圆明园好像诉说着历代皇朝的衰亡。从古到今，千百文人骚客远眺长城，看麒麟华表、金水池里碧波荡漾；夕阳下，南北西东无数过客粉身碎骨，将一身磅礴的气势留给昨日；万物横移，后来者居上，《广陵散》是否真能尽弹壮士们的悲歌？

　　十年的沧桑与漂泊，让我一直以为北京是一个美丽的春天。当我醒来，我的双眼却流露着伤感。时光飞逝，如今的我依旧在它的怀抱里默默做着自己的功课，也悄悄地把留下太多感伤的城市回顾。在这有数千年历史的国度里，它如同一个不变的神话，把古往今来的豪迈尽情挥洒！我为它端起祝酒的杯盏，当头的明月依旧是它明天的太阳！

1995—2005

彼得·潘的生活

山西的石狮、新疆的面鼓、非洲的摇铃、广州的佛头，在我的家中都拥有一个自己的位置。它们装饰了家，而家也给了它们应有的角色。温暖是我们共同的期待，我们互以为用，相互需要，没有我，它们就失去了主人；没有它们，我也失去了对美应有的欣赏。

初来这里的时候，觉得宽大、敞阔，硕大的落地阳台让人觉得奢侈。不久，又觉得它太小了，和心目中一个广阔的艺术舞台相比，它窄、短，且有些拘泥和千篇一律。

我想象中的家总是那样一种感觉：有宽大的工作台，或并没有什么工作台，但有透明的晶体墙面，有一种稀少而质地特别的建筑材料。

灯在这里，我拥有一个自己的阳台。

首先，我从阳台绿化我的小家。一张合格的沙发每天下午在阳光普照的楼笼里打发自己的光阴，必要的时候，我会和它一起分享余下的时光。事实上，大多数时间它都陪我度过晚饭时光，在这部分时间里，我一面对着橘红的夕照看着总也看不完的书的某些段落并沉浸其中，一面也会对着我一再钟情的一个天使小玩偶大发对现实的评论。我从冬天就养起的一条红金鱼，准时在每天早上九点听我进行一遍关于天气预报的新闻联播，它也陪伴我度过挑选一些合适的衣裤鞋袜的寂寥时光，回报当然是有余的鱼食。小金鱼必须负责避免那些我用自动洗衣机洗净的衣服被风吹落在地，那样它也同样面临危险。事实上，截至目前，这样的状况从未发生过。

窗外是颗粒感十足的隔离网，加上厚厚的防风玻璃，我不得不怀疑在这样的保护膜下，太阳系中遥远群星的光线是否能在雨后的夜晚准时射到我们家的阳台上来。要知道，这里是一个微型的花园，秘密的林荫路上的小石子被我搬迁到阳台的水泥地面，稀稀松松地铺满了露台——这真是一个时髦的词，如果我能为它架起一把粉中带黄的阳伞，那这里的气派肯定太过于矫情，不适合女王我的风格。

我敢肯定我是出生于贫苦人家的官宦小姐，抬着一脸旧中国知识分子的高傲面孔。为了让这里的一切适应一位

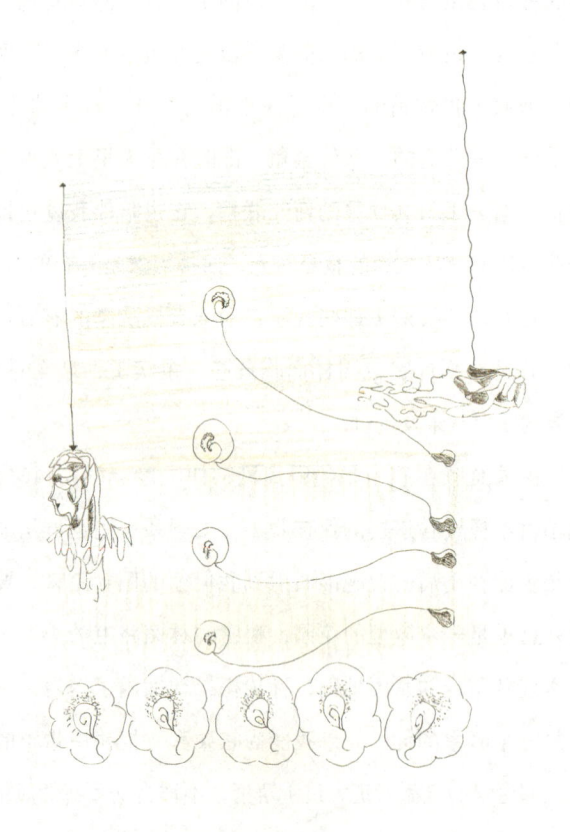

"我就爱画倒挂着的树,倒挂在树上的双面人,倒挂着的时钟,我是一只倒挂在城市里的隐士,一只黑蝙蝠。"

假道士的情调，我不失时机地让朋友送的一尊美丽的石雕头像做了客厅的主人，只有它是有资格对这个世界说"不"字的。

为了平衡和清洗我曾有过的生活的肮脏、糊涂，我在房间的心脏上空安装了五个长短不一的白色细水管。亲爱的，这只是装修，是一个普通孩子的家，而非什么艺术，不要把那些不真实的，那些纸上谈兵的玩意和我的生活挂钩，它们配不起我这颗红色的心。

我曾经无数次惋惜过我的生活，遗憾和痛恨自己把一生最美好的时光给了我最仇恨和憎恶的庸才们。我敢打赌，没有我，他们就是这城市里最龌龊的杂种，没有理想、没有抱负，更别提什么思想，是我把他们一个个放到污浊的水泥管下冲洗、清刷。我像一个城市的清洁工一样干着最肮脏的活，拿着最低微的报酬，但我无怨无悔。每一个真正了解我的人都知道，即使我是最坏的那个长不大的彼得·潘，我也不做披着人皮的狼，而他们连羊都不是，我瞧不起这些人，就像我曾经认识到的那样，他们没有一个人真正是我的对手。

他们有散布流言蜚语的能耐，除此之外，他们只是我眼中的玩笑，和一个顶顶好玩的游戏。我主宰一切，如果想较量，我愿意用我的音乐。

我从来都是如此。我没有对我的世界产生一丝一毫不肯定的信念。我相信时间的力量，相信正义的爱永在我的上方，它就是自然的法则。

一条枯干的枝条横卧在墙壁的中间，它看起来静默、没有态度，但它似乎也曾有过顽强的生命、奋力的抗夺，它的枝丫如一只伸开的手，不时钩住我的衣裳或者我的头发。我经过它，把它从垃圾堆中无数的枝条里拣回来，它就拥有了另一种生命，拥有了不一样的人生，或许，它成为我房间装饰的一部分，也或许它成为正式关注我在这里的存在的一个生命。

它精密，没有声息，这正是它存在的理由。

它已经很有魅力，自从我需要了它。这个世界为了需要和不需要而存在，一切规则都因此而改变，我不会为过去而伤心，因为我从不需要我不需要的东西，只要转身，就不再回头。

我在这个房间住了半年零二个月，我爱上了真正的生活。因为我发现，关注生活本身比其他任何事情都来得让我舒心，即使只有一点点钱，它也足够我快乐，而原来的，就显得多余。

我甚至没有一台像样的电脑来做我的音乐，但有了静谧的空间，有时，音乐也显得多余，假如不视它为工作，它也可以舍弃。

我已在自然中拥有太多，我拥有整个下午的阳光和从山坡上爬下来和我共甘苦的桃树枝子。我没有安慰自己，我会在坟堆漫坡的山上为了一簇花跑很远很远，用车把它运回来，不是为了满足好奇心，而是为了把它们，那些小球团团的花朵，从生到死在我的房上倒挂着。自从我消除了对爱情的期待，我就爱画倒挂着的树，倒挂在树上的双面人，倒挂着的时钟，我是一只倒挂在城市里的隐士，一只黑蝙蝠。

一只洁白的浴盆被我装着衣服，它失去了原来的功能，旁边还有一只胶质的魔鬼手套和一束过季了的干花，接下来，我会做些什么，为我八十平方米的三间房间？

无数玫瑰花瓣在床的周围如落雪的雨花石撒满了四周，猫头鹰和神的衣袍撩拨着我的脸颊，我紧闭着双眼，心中高傲地与时间竞争，我知道我敌不过它，终将放弃我的抵抗。我所认为的那些幸福，那些追求中不断递增的砝码，不过都是自私的手段。所有物品都是道具，陪伴我的出演，我甚至比这空洞的墙壁都要孤独。

　　白色的卫生巾在呼唤着血和生命的替换。终究有一天，我将离开这里，为它，一个空茫的现实做一番精彩的表演。假如我是一位舞者，我会毫不吝啬地出演我要表演的角色，就像如果死神恭请我的到来，我将毫不畏惧。

2000.4

夜与建筑

我喜欢常营傍晚深蓝色的天空，那样的蓝色里面有一种人心灵沉淀后的宁静、博大和遥远。它经过整整一天中朝霞的热诚，午后的炽烈，以及傍晚前细雨的清刷，像一个人的半生，经过了单纯的年少、火热的青年时期，在劳累涌动的年华将逝时感到生命的璀璨。淡泊，这确实是另一种风景。我喜欢在有这样苍穹的星空下漫步。月亮弯成一把镰刀，遥遥挂在天边，陪伴在它旁边的是一颗若隐若现的星，它看起来并不起眼，但它怀抱月亮，整个天穹都是它们广大的舞台。

漫步在这样宁静的夜晚，街道变得恍惚。散步的人、行走的人、来往的人、路过的人都是这天空下的观众，在每一个傍晚默默注视着它的存在。

从住到常营这个地方以来，我就试着以欣赏的态度看待这里的一切。宁静的小区立在田园角落的僻壤，犹如避世的少妇，安详、平和、暗怀往事。往昔那些隐藏在拆迁后的委屈，早已化为对新生活的憧憬。当明亮的街灯燃亮了路面宽阔的街道，它顿时又换装成一位遁世的诗人，默默注视走在它怀中的夜行人。

建筑总是中性的，它们每一个都是思想家，把自己的沉思寄托给大地的每一寸土壤，直到世界还原它们最初的模样。钢筋、水泥、混凝土，都是它们没长大时的表情，原来它们也有自己的童年时光。

打开建筑的内部，便可发现那些阶梯、走廊、回环的角落。露天阳台中更多地包含了色彩的内容，它们容纳过的故事与生活使每一个脚步坚实，使每一寸思量都坠地有声。它们独一无二地承接每一个生命的存在，并希望能保护它们，钟爱它们。

文化历来延续着人类的思想，建筑更是由一个个智者的感受铸就。经过多少战争与和平，这些事物才留在世上。因为经过了不同时代的辉煌与没落，建筑与人的关系也就是历史与人的关系。建筑是人类历史文明的印记，世界上的各种建筑就是人类智慧形成的结晶。建筑与历史化为一体，这就是世界——也是我们人类存在的根基。

从东苇路通向常营北路的路口，有阵阵的梧桐叶声和从远处没有搬迁的平房中飞出的鸽子——在响亮的鸽哨声中盘旋而来。回家的人脚步更急促了，傍晚七点钟的常营小区门口多了一对对情侣，卖羊肉串和麻辣汤的人开始吆喝起来，小区转弯处一座清真礼拜寺又响起了诵经声。阴影中的苜蓿和紫藤，在黯淡下去的光线中重重地叹息着，斜视着路旁推着面包车的小贩。索索作响的响尾蛇吐着它那细长的芯子，在夜已经降临的晚上又开始追逐蟾蜍的游戏。在小区的最里面，数朵莲花绽放着姿颜，在夏末最后的晨露里爱上了那些在秋天就会消逝的银杏。夜，暗下来，四周亮起来，月升到了高空，有些微的甘甜清凉。

2004，常营

"它们容纳过的故事与生活使每一个脚步坚实,
使每一寸思量都坠地有声。
它们独一无二地承接每一个生命的存在。"

夜无敌

夜，黑得像团墨。树影鬼魅，街道上泛着路灯青青的光。这边风景和那边景致是两个天地，一个是宁静深沉，一个是喧哗浮躁，隔着一条街道，便是两种色彩。

走在黑的色彩里，冷风刮在脸上，像调皮的冬的小精灵，用它的小手指刮着你的皮肤，你四处抵挡顽抗却仍抵不过它的捉弄，你只好把脸藏在大衣领里、围巾里，半低着头，挺身走在从计程车去 Porters 的距离中。等你进了 Porters 的门，它看着撵不上你了，就变成一只大妖怪，从宽而冰的门帘里钻进来，趁你不注意，买票或等人的时候，便伺机往你脖子、腿里钻进去，搂着你亲热一会儿。

我、田小力、大黎川、天孝这几个新认识的迷途知音乐呵呵地上了二楼。门票在圣诞前后涨成了一百，不过，对这些走在浮华青春叛逆道上的小青年来说，浑水摸鱼和挺身而入是拿手好菜。我穿着新颖，一脸的志气像霸在头上的徽标不肯撕下来,那会儿那时辰那时节的我,拥有的面具唯此张而已。年轻、气盛,到了成长的新环境,需要狗熊一样的力气、狮子一样的威风和狼一样的机敏。我唯一所缺的是像老虎一样的眈眈虎视,毕竟,双鱼座的柔韧更像我心怀六甲的个性,这六甲是:可爱、顽皮、诚实、坚强、固执和天真。六年前的我同样是如此,可信念、方向、目的却截然不同。我总是会在某个时期的某个地点,某种正极情感的游荡中,在爱的幕布上搜索往日的点滴。

楼上已挤满了人,不大的酒吧里,人们脸上挂着幸福而满足的微笑,像水蒸气凝结的水滴。

五月的牧歌

夜里，乘九点钟的车去市里，从一个岛到另一个岛。我所住的岛几乎是无人岛，有些人烟，却无交流，没有认识的朋友，也没有过往的交情，恍若是一丛野生的杂草自然生长，就过渡到这里，末了，还不识自己的家族。又好若是一具顽石，在冥顽不化的都市一隅沉默，那沉默也近乎是一种拒绝，拒绝成长或者洗礼。但大部分的时间，也要在有人烟的居家生活中制造真空梦幻，对着镜儿贴紧黄花，也就是说，那些在另一个岛上的生活足以构成生活的另一种面貌，但哪一个是真，哪一个是假，无人能分得清楚。

那个梦境是这样的。

我九点钟到了岛上我妹妹帮忙照应的一家酒吧，把一些搁在桌子上的那些没有人看的杂志翻个底朝天后，满脑子装着一些精美的食物和海滩、浪花、岛屿的概念，就发着痴癫的梦呓走到这岛上有人在湖心泛舟，有人在调情唱歌的开满莲花的地段。许多生意正火热的酒吧灯光熠熠，神采不亚于一位多情的女郎，在离我几十米远的地段暗自浮香。我甚为懂得这繁华都市里一席僻静的乐趣，只是欣赏，留下几炷燃烧的心香，便不再动弹。晚间的去处依然是那些令我饥肠辘辘的网吧，因为可以不睡觉，又没有人催促电费，并且人多眼杂、气氛融融，所以将满腹的心事就着那些枪战和电玩的声音时，我越发地激情满怀，仿佛找到一处乐趣的所在。所在的地段已不重要，重要的是心事在复归于无的情趣中了断、淡化或者被时间消解，而我那些去不掉的愁肠和百结的情牵也就自然地解脱、放下了。

　　凌晨四时多，街上往往没有一个人。我穿着靴子和短裙，好像一匹无人管束的野马蹦跶在这里、那里。那时的月亮把周围照得格外亮而闪烁，好像顶上一层银光，我经过岛上的湖边，看也不看，钻入留过门的草房，就么胡乱地睡了，醒来又是一个好梦的开始。

旋转的光

星期一

十一日高扬买了票,我和他的儿时战友李阑去北京雍和宫转了两圈。回来他们两人直接去了李红军家打麻将,我只好一个人先回常营家里。还有两天就要离开北京了,而且这次有很多事情压在身上,也不知道会在银川停留多久,加上一些未落实的事情,心中更有一些苦闷的感觉。

屋里没有收拾,小黄已经被安排在高扬说好的一个邻居家。在出门要去叫他回来之前,家里又有一个陌生的号码打过来。自从 S 事件以来,再没有什么人知道 65483333,为什么还有人来电?我在心里问了一会儿,终于没有接。高扬在楼下带了一个打包的酿皮,我已经对这玩意儿有些起腻,最后整整花了五块钱的晚餐成了小黄的果腹之物,不少蚊虫也来光顾。我实在没有心情继续理会高扬的不耐烦。他最近好像得了老年综合征那样对我有太多的不满。而我也几近在这个节骨眼上让他那风格变幻的情绪给搞乱了。很多时候，我知道我已经疯了，而且是特别清醒的。

这真是一个不怎么好的预兆！

星期二

前些天堆积下来的物品需要整理，而且我打算在这些乱七八糟的东西中找到一些对S事件有用的东西。我们都知道，那些东西是非常关键的。在一个未知的官司面前，我竟然会丢掉许多对这场无聊是非起决定性作用的文件，还有已经换掉的手机号码，一些有用的电话，等等。就这样，我俩从清晨起来收拾，加上前一天睡前的劳动，真正工作起来其实并不那么费劲。我一向是个喜欢清洁，并乐意把居室收拾得体面的人，不过，以前那些良好的生活习惯加上小黄、高扬的存在以及近期事件的发展，总使我感觉我并不生活在我想要的生活中。甚至，我面对一份矛盾是非太多的感情，终于还是在很多时候失去了自己。

我把提琴和吉他都放在了鼓房，这过程确实使我很沮丧，要知道原来我没有犯贱去CD里演出时，那些东西都是我的，而且我知道，它们是那场精神上的胜利让我赢得的战利品。现在战利品重新回到了敌人手中，这意味着我又要不断地重演过去的伤害。我相信是不快乐让我做出了愚蠢的举动！而我不能阻止自己把不快乐和钱联系到一起，我不知道我犯的关键性错误后来将导致我处在什么局面。

或许是我多虑了，但愿一切没那么麻烦。接下来我要过些好日子了。

晚上我允许高扬向我道了歉，但我也知道，他对此事所犯的错，并不是他一个人的问题。我们中间那层隔开又黏合的缝隙，其实是我能否彻底接受他的爱的问题。

星期三

我总是记不得日子，星期，我像一个没有目标和方向的选手，在生活的船舱上喃喃自语。没有人注意我的存在，也没有人知道我的过去。

列车行进在森林、峡谷和戈壁，朝霞和云朵染红了天空。天空本来就是天，无所谓有没有云，天本来就是在的。

我与艺术

艺术与生活总是一体,
她们不可能分离,
你可以不准确地表达你的艺术,
但绝不能使你的人生蒙上尘埃。

香格里拉

我梦中的香格里拉用无数高阔的俊美雪山和急流的瀑布为我制造了心灵的幻觉。在晶莹的雪山之顶，牧歌似的田园风光中，我的心灵家园再一次被梦的幻觉复制、重现。我仿佛无数次看见那大自然的奇迹，华山般陡峭、黄山般险厄，透明的水银般的雪的面容为它罩上了奇异华丽的戎装，再也没有风景如它一般飒爽、英俊，让人欲念横生，但没有人敢于侵犯，我知道它是射手们唯一景仰的梦中旗帜，那昭示男儿雄心的挺拔。

溪流溅起阵阵欢娱，吸引着我与面容模糊的众生。我们都是凡俗的泥胎，来听它喧哗、喘息，让冰冷的光华在我们心中形成一道道对生命的激越感叹。此刻，梦为这风景又加注了冰的剔透华美，在梦的国度，变幻是它自由的风格。

岩溶、洞穴，都是外来的物体，被时间腐蚀而成。我在山峰中的冰雕上盘旋，化为一阵寂寥的大风；我在孩童欢笑的山野游荡，和他们玩捉迷藏；我在溪流湍急的波浪中层层迈进，体尝步行前进的艰辛与乐趣。格桑花是我的诗篇，被春光谱写成一出动人的歌剧，雄鹰为它唱起赞歌，牧羊人飘逸的短笛声轻滑过老牦牛的蹄子，它比时间都老，站在雪国的春天。

2004

文字的灵魂

我由无数分子组成，是个奇异的动物。时钟的秒针每移动一下，我死去的毛孔里就又诞生了一个新的分子，无穷无尽的想象使亿万个细胞来回地波动。

我呆了，目瞪口呆，生命的绝望就是那永无止境的欲望循环。

拖着肥壮的智能伎俩，天生的兽性令我瑟瑟发抖，寂寞使我只和自己进行着一场难以结束的智力游戏。我把玩着精神的细胞，周身疲累，有时候不得不停下来在片刻混沌中放松一下，好让意识的溪流清洗内心对世界模糊迟钝的反应。

无聊之时，为了找一件解闷的工作，我在智力的尖端玩命拉扯着现实与想象之间的杠杆。高标准的严肃态度令我拥有如大理石般坚硬光滑的理性思维。我酷爱征服与被征服者之间的机械游戏，在思维的表皮，我从不表明玩乐的极限。这是一种多酷的感觉!

　　活在创建奇迹的边缘,天性不允许我苟且偷生,天性不允许我的复眼对成千上万次重复的事物做太多留恋,爬行到神奇预言里是我生来的职责。勇于挑战自我之时,感情的眼泪已被一个不知名的魔术师藏到了他的股掌之间。只有时间和我相亲相爱,它服侍着我,挑逗着我那幽深紧锁的情欲。

　　沿着一条弯曲的丝线走到底,除了孩子般的天真,我发现一颗巨大无比的自尊包裹着一个四分五裂的爱情绵软地躺在我的脑叶深处。梦的指令告诉我,如果我将自己化为一把金钥匙,就能任意穿行在现实和梦境的迷宫。只要我用力抛弃现在、过去、未来,我就能在脑门中心的出口抓住我一直要找的那个男人,只要那个所谓的难以驯服的人肯拯救我,带我逃出自己的大脑,我就一定会看见我从不曾看到的奇迹。

　　高空,欲火不安地燃烧着,语言已被织成一张阿拉伯神奇飞毯,托着我环游在浩大虚拟的另一国度。只有在这个国度,痛苦是我潜藏着的快乐,而悲怆则像具永不会复活的木乃伊,停放在我内心的宫殿。俯视着平和淡雅的田园，丛林密布，意识的海洋喂养着上万只欢跳的想象之鲨。只剩下最后一个细胞了，它背着我拼命地向前游动，贴着它热气腾腾的皮肤，我发现我散发出了人类特有的理性与情感。天堂离头顶只有几米，阴间仍是我的神窟。站在这样的地方，我精简、节制、如此局限，我自然不得不拿出所有的力量来阐述这难以描述的广阔景致。

说到底，为了独占先王留下的唯一宝座，为了一次小而又小的刺激得到满足，我继续制造着这又在上升的精神高度。当聚满危机的想象最终以它特有的恩泽普照着我心怀诡计的欢乐时，有谁能证明我一直待在这么个高度紧张危险又刺激的地方。

划动双足，树木默许着我出神的漫游。我的语言已经如同镜子的正面看得见却摸不到，看过去却由不得又看过来，像扎根在心底的爱情，似乎有盘根错节的上亿个繁杂标点，然而却又像一句话也没说。如同在一条虚幻的河里游泳。手臂划动着，身上也湿漉漉的，只是所谓的河并不存在。是的，我已把所有的青春都献给虚幻与空无，这是真正的智慧所在。

以邪恶为美，我视无畏为最高级的警觉，为了在无知中放荡，在无为中逮捕到最真实的表达。病变是我延伸出去的第七感官，它以极长的手臂替我去往穹窿之巅。在那里，天国的光点用细小的漏斗凝结创造出一颗永垂不朽的水晶石。紧贴在上面，思维的快乐如同夜晚闪烁不定的星光。

文字带着使者的身份进入到我的生活中，让一个人在她重叠的谎言中找到真实的力量。居然连我自己都不知道，还有另外一个东西会对我的人生做出一种安排。

在我看来，世俗的美妙在于颤音的技巧、鹦鹉的热眼，如同谈话忽然到来，如同忽然投入一种莫须有的残疾。艺术的技术就是革命的技术，于是艺术精神就是革命精神，弄假成真并把其中的真谛彻底报废就是我崇高的使命，先禁欲后献身于自己仅仅为了寻找不存在的价值。对我来说背叛自己意味着被迫革命，洗心革面、重新做人的爱情是幻想搞掉自己笑里藏刀的龌龊一面，舍弃平淡的友谊则是为了出走得更加自然。看吧，一切都是手段、技术和意志，我到底该怎么办？命运已为我有意识地安排所有的一切，它们都在定期出现、出现、全部出现，我已经彻底失去了过去和现在。到底是谁的指引使我找到了那个在千变万化

"如果有一天，我的身体承受不了自身的重量，
梦的指令会使我从年久失修的寺庙屋檐上的一块瓦片上剥离，
从高处坠落。"

中逐渐觉醒的自我,到底要死去多少次才会懂得打下江山的不是那个最后坐在皇位上的君主,而是千万个忠诚民众心甘情愿的抬举。

我没有自己的成果,生活对我来说只是一个探索自我的过程。人们需要艺术品来点缀他们的生活,却忘记了他们自身同样可以点缀生活。

为了保持那种永不消逝的神气,孤独使我保持着应有的清醒。喜悦和悲哀已像两把斧头双双插进了我的金色头颅,却无法屠杀掉生来就带着的宗教感。神性与魔幻的交替令我的纯真和邪恶相互敌视、纠缠不清。我感谢命运使我降生在这个国家,特许给我一根神奇的魔杖让我生活在故宫的顶上,使我能圆满地完成在人间的修行。当我说出富有东方神秘气质的咒语时,我似乎还带着一股自命不凡的王者风范。如果有一天,我的身体承受不了自身的重量,梦的指令会使我从年久失修的寺庙屋檐上的一块瓦片上剥离,从高处坠落。感谢我脚下的每一个字都在为我的光临竭尽全力地工作,我知道在这个五光十色的世界上,它们才是天生的明星和精灵,是我生活中真正的导师和偶像。为了和它们一起承担生命中那不能诠释的道义,我像尊重自己一样尊重着它们。是它们一直和我一起并肩挑战着智慧的高度。

  它们总结了我的一天，为了报答，我给了它们我的一生。

世界是零我是一

我喜欢去不可能去的地方,喜欢和不可能的事情打交道,我喜欢把不可能变成可能,把可能变成不可能,在这两条道上来回奔跑,后来我就忘了我自己究竟为什么这样,忘记了我还可以那样,而不这样。这使我不知所措,难以面对真实的生活。

或许我害怕了,只是从不让自己知道。或许那个替我活着的人实际上不是我,而是我的另一半。我寻找我的全部,寻找那可能会成为我另一半的我自己。他会使我复原,重见自我。我想我对他太好奇了,我太不了解人了,以至于把他想得太崇高,以至于把和他做爱想得太不可思议,以至于我忘记自己可以不这样想,也不用这样做。

我原先是有脸有尾巴有翅膀有感觉的,它们让我有勇有谋,像一个真正的人。

现在我重新审视自己,我的那些梦,那些色彩斑斓的令人紧张的梦，怎么会丢失在寻找他的路上。对我来说他似乎是梦的启迪者、爱的使者，是呼吸和声音，是一种让血液迅速沸腾起来的东西，是一种让速度有了真实感觉的触感。我渴望他触摸我的头发，就像我们一直认为着的。

　　最初，我渴望他能给我一个吻，使我发现存在的意义。我如此渴望他的身体，那些完美的记忆从不曾衰落和削减。我如此执着，有些傻气又令人厌烦。为什么失去的总是我，为什么付出的总是我，因为我喜欢血淋淋和毫无希望中的激情，只有这激情使我忘记痛苦的人生，使我具有那么一点耐心，对生命有了一丝兴趣。这是一种多么痛苦的激情，使我无法真正相信爱的本质是甜蜜而易碎的。我如此脆弱却又无比强大。我有爱的概念，但我已失去。假如用命运和生命的品质能挽回那失败的一切？希望世界是一，而我永远是零。

终结者的秘密

有了爱，记忆就会复活。爱使失去的一切再现。因为我相信再现的力量，所以始终都未曾放弃我所爱的。生活就是这样，你在一个你跌倒的地方发现了你要找的东西，于是你忘记了跌倒时的疼痛，你还没来得及领悟你的现状，你就已经又在路上。这使人发笑，因为生活真的具有如此感人的戏剧性，非但如此，你还觉得新奇与不可思议，因为生活总是让你找到你要找的东西，发现你想发现的。天！我们怎能不感谢上帝的神明与高超。

你经过千山万水才抵达这里，你去过的地方和见识过的景观世人无法想象。你欲告诉世人你的感受，但怎么可以，那些秘密曾伴随你的成长，与你的情感密不可分，为拥有它们你曾与魔鬼搏斗、与猛兽交锋，你怎能随便告诉别人你血液里的东西。

是的，这秘密没有名字。你不知它是何形状，因何而

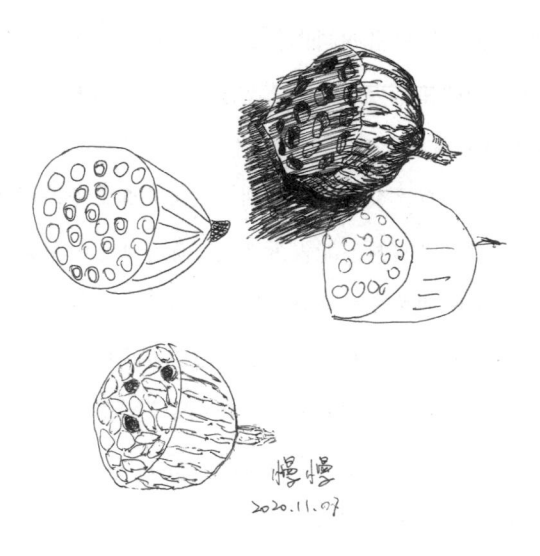

"爱使失去的一切再现。"

生，来自哪里。如同音乐里的语言，只有懂的人才不问你在干什么，你做的是什么，你何必如此，又何致如是。

花和蜜蜂的关系不是性关系，而是相互给予和滋养的爱恋，你和这秘密的关系也正是如此。你是花，与这灵感的蜜蜂朝夕相处，酿造这秘密的琼浆，你渴望在与之形似的同时神似。这秘密如同你名字中意味深长的含义，与你的性格、个性和行为紧密相关，你怎能告诉别人这秘密的出处与它存在的方式？

事关你畅游这个世界的准则与法宝，你怎能告诉别人你拥有怎样的财富？怎能告诉别人，你在他心中引起缭乱时，你的歌唱依然充满平静？你无所畏惧的心创造着一段段不可复制的乐曲，为了能向他奉献这骄人的秘密，你随时随地进行着爱的演唱，他应该如此赞美爱的力量。尽管这爱使你荒诞地一次又一次卑贱地出售了人格，但你依然高贵，因为你是掌有这秘密武器的女王。

这秘密如同权柄使你拥有无冕之冠，手执无形的手杖，向万众高声朗读那大音稀声的宝藏。

琴键间的爱

我设想我是一个会弹钢琴的女人,在忧郁的下午一个没有人迹的屋子里弹着我自己的歌。窗外是风浪四起的大海。顶着狂风与暴雨,我将在夜雨与闪电的日子里把那销魂的琴声弹给我最爱的爱人。如果没有云雾缥缈的海滩、可以栖居其间的沙地,我将在一间临湖而建的小屋,为在月色低垂时独述往事的莲花献上我孤独的奏鸣曲。一万道情怀在月黑风高的晚上无法全部表述,为此我选择在那朝白日划去的午后,在一个梦也恹恹的时间,把心中的歌谣轻轻吐露。

我的琴声如此自在、逍遥乐天,没人能想到它曾与情杀有关,也没人能把它和诬陷与批驳挂钩。有没有人总结出它的立意和心情,有没有人说这是一个女巫来自阴间的心声?

你听这琴声中的缭乱、落魄,可会想到我曾跨越千山万水找着留在我照片上的那个爱人？你可知道当我在沙漠深处的枯地转悠、恍然的时候，是谁给我带来那解渴的食物与水？你可知道为了得到这琴声里的真谛，我转过大江南北，为一层又白又黑的真理所俘虏，我的感情和鲜红的心血葬于这真理之中？

假如这真的是一场我曾不断出演过的戏剧，那剧情里的台词、布景和场面为何如此真实，令人唏嘘？在没有人的地方，我独自哭泣。或者说我也会很坚强，但那是另一个灵魂的事，它与音乐有关，却不和我的身形相连。我早已是另外一个我，在这个我里，我不断地演变自己的身份，不断在失去自由的角落徘徊。我的琴声是献给和我一样有苦难心声，有相同境遇的人们的。它似乎和孤独有关，和爱情有关，和忠诚有关，和无数划过我心房然而又脆生生地打破这心房的人有关。那是一些不洁净的手在我心灵的声音中开关着我的贞洁。或许，我已经在自己的世界了，却始终在那曾有过的危机与惆怅中徘徊着，那是失去安全感的感受。但为什么我的琴声如此强健，其中没有危险，它如此在快乐中嬉戏，具有青春的力度，令我感到如此骄傲。

在这间从不存在的屋子里，一个想象中的女人弹着一架想象中的钢琴。她的梦就像那屋里油画中的女人，模糊而清晰，似有似无。我设想我是一个会弹钢琴的女人，在一个午后，在咖啡和下午茶的时间，为心爱的人和孩子们弹上一段没有任何往事的曲子。在那首带着月光颜色的奏鸣曲里，一切都将成为过去。

2003

梦的写实

和一个人相爱后,他给我的感觉就像梦,就像是我所要的那种爱情。在这样的梦中,我没有渴求只有欢娱,没有激进只有平和,没有狂躁只有安然。

我做了特可爱的梦,所有的音符和数字都有生命了,会跳舞,它们特别快乐,那就是真正美好的爱的感觉,为了那激动人心的第一次相遇和长久以来等待的心灵相通,不管是和谁在一起。但即使我言过其实,我又怎样才能再现那些闪亮和激动人心的瞬间?那才是爱的感觉,才是我一直期待的感觉。

因为那样的感觉,我醒过来,床是最贴心的物件,被围在其中感觉舒适温暖。在一瞬间,生活就像地上的那些稿纸一样在想象中飞舞过来,飘到我身上、脸上,无数的字块化成一个个没有形象却排列有序的几何体,压在我的梦中。

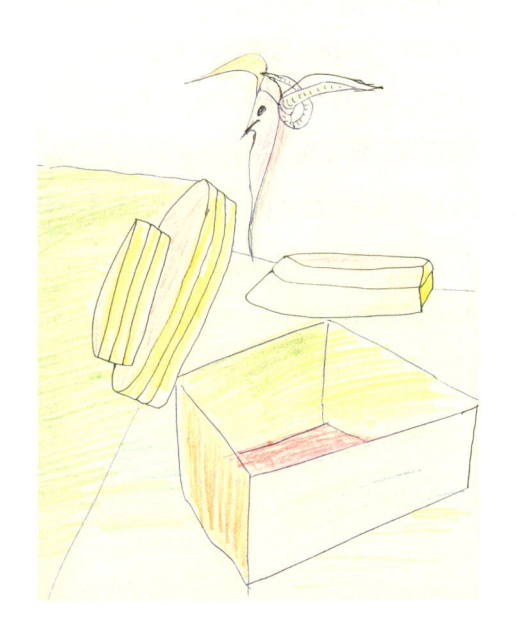

"在一瞬间,生活就像地上的那些稿纸一样在想象中
飞舞过来,飘到我身上、脸上,
无数的字块化成一个个没有形象却排列有序
的几何体,压在我的梦中。"

梦里，我变成一个数字，躲避着无数数字的追杀，把自己藏在一个没有盖的酒缸里。远处的路上扬起一阵灰尘，是那些会唱歌的数字，那些会跳舞的数字，那些相信佛脖子上戴满珠链的数字，那些弹着琴摇头摆尾的数字。它们就像一个个生灵，在我周围充满了情感，而我死了，一个标有9号数字的照片挂在一个大型的盒子里。我很感谢有这么多数字纪念我，热爱我，但我是被自己最爱的数字给杀死的，我吞吃了它身上的花粉。你知道，数字是没有欲望，没有情爱的，它们是理性的，只分对错，不分上下。1和9的力气一样大，它们没有强弱，只有先后。

在0来之前，我遇到了1，但是它们在一起，背叛了我的感受。我只想要一个爱我的数字，而不要大于我的结合。

雪国的梦

我总是想起一个梦,一个夜里宇宙的景象:我的孩子凝成了雪花,在天际线的上空。我从未想过我会做一个如此美幻的梦,生命的真空在梦境中有比一切更巨大的力量,我独自在离天最近的地方试图用一个傻瓜迷你相机把它给捕捉下来,我知道这是我最富有说服力的艺术,它是天给我的。我的孩子,那个臆想中的宝贝儿,却瞬间变幻,从一层淡蓝色六角形的雪花转变成一个外星人那样可爱的婴儿。在意识深处,我知道那是我失去的孩子的总结,它是一个意识,一个使我在内心深处有着情结的我的孩子。由于第一眼看到它时就已在离宇宙最近的位置,我充满紧迫感,知道那一切即将消失在我的梦中。

我从未做过如此美丽的梦,而且这梦像一个深深的幻觉引起我深深的愁苦与悲哀,在现实里,我是再也不会有可能做母亲的了。想到这儿,我想起中午和凌以及姜姜说起那几年的过往中的某种失落,他们都劝我不要再想了,要往前。

窗外,下起了鹅毛大雪,像含冤的六月雪,那雪有一种梦幻中的飘逸,我知道自己是在说故事。在雪季开始后,我的头脑伫立在奇异的梦幻中。

是的,要么是我对那奇异天象的昭示有所领悟,要么就是现实里的迷失给我创造了一个新的自我。这个新的自我可能是丑陋的,是不怀好意的,但那都不是什么问题,因为最终你会克制那种糟糕的自弃感。所有的问题你都明白该怎么解决,只是需要时间而已。

下午,你和凌去了网吧,你的画在没有烧煤的门外冻了一早上,大雪淹没了那些你留恋过的情绪,它们的生命曾属于过你,就像你曾以为你会属于某一个人。其实,你从未为某一个人动过心,你爱的只是你自己,你在网络搜索自己的信息。那几乎是一种天下最无聊的举动,你很清楚你的生命如此寂寞。

你去了L家,满屋的书籍还有猫儿,一大一小,一白一黄。是的,书籍是屋子的一部分,形成墙,阻隔了世界,所有的朋友都有自己的墙,只是你的常搬动,你是移动的影子。

网络就像一堵被感动迅速翻过的墙,你在其中淘金,你想拥有谁?

2004 年冬

我与情感

我们给彼此温暖,
就像月光给大地清凉;
我们相互爱恋,
就像花儿自有芬芳。

深河

在酒醉的夜晚,独自消愁,在孤独的岁月,只有歌声依旧。

当我忆起深河,它就好像少女年轻的身影,掠过的裙裾在微风的吹拂下摆荡着;像昔日恋人的情歌在深夜里扑面而来。若没有故事,又哪儿来的这些叹息。

在些许的梦里,依稀看到过那些熟悉的厂家,那些在路人目光下开演的剧目,我又何来的惆怅去感叹生活与爱情的变幻与悲伤。银幕升起来了。从来都是熟悉的画面,写尽了人间斑驳的声响与流离,在离开了故事的场景里,可否依然寻见画的主人和那喂鸽子的女孩。

记得在深河度过的岁月,记得那些老去的树木,也记得在那条悠长的小路上嬉闹着的孩子。

在不多的生活场景里,再没有哪条街像深河那样给予过我日月光华流动的岁月。

深河是我爱的故事，也是我编织过的最深情的爱与悲伤。我无力承受失去，也无力解脱岁月的诱惑。心底的爱与忧伤正煎熬着我的心。

我必是自由的吧，有爱和不爱的理由，但我如何去在垂首驻足间定夺爱人的感情。我又如何放弃那纠缠我一生的疲惫与苦痛、在压迫中升华着的歌谣，那就如失去在一场尚未开演的歌剧里歌唱的理由。

我必是惆怅的、万般无奈的失去你我的深河。

风中的音符

风中的音符在七彩光中旅行,一颗颗奇妙地行走着,它们排成了许多形状,像风铃。

风都是绿的。铁索桥的锈斑。欧把新买的哈雷车装饰起来,很多可爱的小玩意儿挂在那辆轰轰作响的铁狮子上。夜,雾气弄湿了刚洗的衣服。我站在露台上。中秋的月亮很黄、很大、很亮。我们有榴莲、柿子、香蕉和甜俗的果酒。那间24小时的超市,总是常去的,中山的夜晚总是带着雾气的。

像欧的性格,不爽朗,可是很湿、很润,没有一点令人干燥的感觉。

他用他的铁狮子带着我上了铁桥——铁锈斑斓的,眼里的绿更脆了,发出一些笑声。我高兴起来,接受欧给我的关怀。他的肩头很宽,很结实。我知道了,他是一个除了家里人之外的亲人。

我们一起走过了十年。

欧写给我一些诗歌,那些诗歌中虽然有着很深的模仿,但它们使我看到在诗歌背后他沉重灵魂的追求。有一首我写在我的歌词里,那里面说,音乐结束时我们去飞翔,我渴望融化在你身上。

他曾把一生中最宽容的爱都给了你,而你却只能从他丢失了的诗中寻找回忆。

他已经是一首你不再唱的歌,而你青春靓丽的梦曾全部给过南方。

有时候,你依旧会打电话给他,你的梦曾给予过铸就热血与青春的南方。

"他曾把一生中最宽容的爱都给了你,
而你却只能从他丢失了的诗中寻找回忆。"

另一种爱

在我印象中的圣诞很多,能清晰记得的却只有一两个,而那一两个,因为和情感有关,和那个我初恋的男孩有关,所以藏在我心的深处。虽然随着岁月流逝,它变得有些模糊,但因为青春的明亮,倒也散发着清新的光芒,在记忆的角落澄静如初。

在多雨的季节,广州雾气朦胧,湿漉漉的。我孤独着,虽然有些寂寞,却也时常能给自己一些精神食粮。那时,也不知怎么混的日子,一个人打发着时日,不觉有了些年头。自顾自的生活因为突然有了另一个人的进入,而变得截然不同起来。

所谓的不同除了生活上的照顾,更是依依相伴与那一见钟情的喜悦,就像一株北方的栀子花突然在南方的天空下开得殷殷冉冉,那么娇媚夺目。回味那些日子的流逝,似乎天空的蓝也因为爱而变得出奇地美,而生活始终在这样悠长明丽的氛围中显示出它更永久的美丽。这与爱情有关，好像青春本身就是那么自然，又是那么健康。

对象是个不爱说话的男孩子，年纪小，沉默木讷，有些近似寡言的腼腆，却实在可靠，似乎是我一生的依靠。那种气力与感受，只有当下在他的身边才可以感觉到，而这样的感情因为他的年纪，因为他的性情，因为那份完整的接受使得我如同找到家的游子，经过与久已期待却始终与自己打转的爱情的周旋，终于落地开花，有了一个归宿。

这归宿既是身体上的，也是精神上的，这支持是无言也有形的。感受的同时，多了一份眷恋和好好生活下去的力量。

有生活，就有了生活中应有的一切。比如他帮我拿画框，为钉制画框而整个下午都在劳作，把大拇指头都绷肿了，一点也没有怨言，只是把指头拿过来给我看了看，既让人心疼，又让人刮目——那么善于为别人付出，又那么无私而无怨。虽然是自己的恋人，但这样的性情那么深地留在我脑海里，至今使我深深地迷恋。那是一种使生命有了依靠的来自灵魂深处的信赖。这样的日子又怎么会不使人留恋呢，那里盛满的不是简单的男女之情，不是普通的

"就像一株北方的栀子花突然在南方的天空下开得殷殷冉冉。"

爱人之情，而是一个个体对另一个个体的交托，这样的感情怎么可以简简单单忘却与丢弃呢？

有了来自家一般的呼唤，来自异乡的那亲情般的召唤，才使得这份爱有了一个象征性的归属，而归属感其实是每一个生命在每一份情感里最应获得的那种情感。只有接受了这样的情感宿命，生活才会公正地对待每一个企求爱之里程的人。

忘了她

生活是一场奇妙的游戏。1998年我认识了X，那年的一切就像音乐一样停留在我脑海深处。当时不会意识到它对我的历练和它影响的深远。我回味曾遭受重击和欺骗的生活，它就像是对生命乃至信仰的反弹，给我以深思和凝重。

让我怎么解释这样的一首歌，就好像要解释曾经有人为我写过的那些歌曲、那些诗，那些演奏过的琴音和献给我的文字。我会把生活所有的际遇作为一种特殊的情感奉献给那些与我生活有染的人，不管他们是男人的身份或是女人的角色，我同样欢迎他们的到来。

我遇到X的时候，脸上是心不在焉的表情，我知道它一点儿也不吸引男孩儿，而我眼中的X是个聪明而才气十足的小伙儿。可以说，他以那种少有的灵气和聪慧的敏感，让我有些迷离，但我还不是那种对像草——或漠河烟一样的东西能轻易上瘾的人。

沙发是翠绿色的。我的心里有些忐忑。从一条始终充满未知的路途走来,总是有许多牵绊。我是脆弱的,但谁不渴望真正的爱,谁又能保证在这其中不受伤害。曾经那如风如幻如影的梦、红茶、绿色的叶柄、那些丝线交织的心意。我和他对坐,他是那样一个青涩的少年,不像我在心里埋藏着火药、爱和恨的痛苦、迷失在双向迷雾中的混沌。

酒吧里人很多,多得是有着不着边际幻想的人群,他们聊着理想边缘的生活。墙皮贴着墙纸,就像音乐是孤独者的语言,对我轻轻诉说;而明灯仿佛是一处家的所在,释放我们高贵的情感。

很多年前,当我爱上一个人,当我想把心中的情感用文字一样的音乐展示、表达的时候,我未曾想到这是一条多么坎坷而复杂的路。如果这是一张用音乐铺就的文字之页,它含有魔幻的柏拉图,也写满荒诞的现实性。艺术和生活就像两个不同的导体,支撑着我的孤独,我在中间渴望着温暖。它们就像两面不同的镜子,照射出两个不同的我。

如果"永远"是一首歌,如钢琴的琴键敲击着我的心,我愿永远沉浸其中,就像我们都幻想世上并没有牺牲。它和你心中的信念一样有一双美丽的翅膀,无论你是否和我一体,友谊的花朵总在盛放。

2004.11

小丸子

　　春天，桃花还没开的时候，一切看起来最平常不过。那是一个普通的夜晚，空气没有别的表示，树木也悠然自得。在路灯的照射下，等下班车的人在闲适和从容中踱着步子，表示他们对这平庸的生活没有任何意见和反抗的力量。路过的车辆好像鱼一样滑行在地面上，轻飘飘的嘴里哼哼哈哈。

　　我穿着黑蓝波鞋，踏在石子路上，感觉着我柔软年轻的踝部，那是我最喜欢的地方。我坐在饭馆二十分钟以后，觅就带来了夏，我认为他的名字起得不错，我小时候曾对这个字眼表示过好感和特殊的青睐，他身上正带着和他名字一样的气质与表情。我认为一切合乎命运的安排，包括当时的气氛和我的状态。觅介绍夏的时候有些不情愿，这大概是她的潜意识在作怪，她是否比较嫉妒两个一样美丽的人相识。我合乎礼节地打了招呼，我认为在认识一个漂亮人儿的态度中应当保持节制和某种冷静淡然的表情，那有助于让我这样一个酷人知道自己真正想选择的是什么。或者说，由于觅和我曾有过亲情般的关系，我比较谨慎。

我和觅拥有共同的记忆和一些相同的爱好，这使我们总愿意把自己的私情和秘密拿出来共同享受，以排遣我们各自的寂寞和孤独。我们都需要好好爱一个人，含着唾沫数尽了认识的人却都没有属于我们的对象，所以突然面对一个像从外星球来的完美对象，我有些紧张，却不得不在她的热情中接受她的礼物。

很久以来，我是个到处漂流的瓶子，我的身体里装满了水和空气，我的生活在情感的海洋里打转。有一天，我转到了一个漩涡之处，那是一种黑色的体验，大而无当，没有岸和陆地。我固执地寻找着出口和梦的方向。我希望有一个人把我带到我要去的地方，让我能把我曾被海浪和飓风击碎的身体转化为新的形象。

如今这个人来了，坐在我的对面，看起来是那么年轻，有一些嫩弱，那正是使他感到害羞和恐惧的地方。我经过了穿越整个世界的漂泊，了解一个人害羞是因为怕自己的力量太大而影响了别人——真正的强者就是这样，以自己的美德证明自己，这未免对这醉人的世界太过善良。我自认应该以一个魔瓶的身份，给予这个孩子真正的力量，并用爱的钻石照耀、驱逐停留在他身上的恐惧。以表象唤醒深藏在男人心中迷幻的情感，以母爱般的力量给予缺乏爱的孤独者勇气，是女人的职责和义务，也是女性自我完善时应具备的道德。

喜欢陷于外表的围困与诱惑中的人，其实自己也不清楚在生活面前究竟需要什么。夏坐在我对面，在近距离的接触下，我又一次震惊地发现这是一个异常美貌的人，他的内在美与外在美结合得天衣无缝，使一种女性化的气质看起来具有一种禅意。纯洁和完美有待仔细品味，才不至于浪费那中性美的特征。看起来，我并不是没有动心，而是在几秒钟之内迅速地研究了一下他的迷人之处，以破除他对我的天然吸引力。

如果我没有看错，打动我的正是这少见的纯洁，我仿佛一下子看见在时光的流逝和白日梦的迂回中我失落了的珍宝和魔力。我们谈到，那种喜欢白日做梦的人就是等待爱情的人，可惜，想得到像梦一样的爱情是很难的，非一般人能奢想的，因此我的建树也应当是这方面的。

一瞬间,我决心带走这个我梦的启迪者,让他和我一起在这凡间体验到生命的真谛,那种奇妙的爱的神性——永恒。

"我是个到处漂流的瓶子,我的身体里装满了水和空气。"

B-502

所有见过 KO 的人都觉得他，怎么说呢，既不漂亮也不懂事，还有点傻乎乎。所谓的傻，以我一开始对他的了解就是直截了当，没有掩饰。"年轻气盛"是 KO 最常说的一句话，这话似乎已经断言了 KO 的一切。

我曾做过一个很奇怪的梦，梦中有一个陌生的男人走进一家杂志的编辑部后，想尽办法要留下来，之后他的运气就好了起来。这个梦里，那个有另外一个朋友名称的男人实际上有一点像现实中的 KO。

有天，我对着被暖气熏黑了的墙壁感叹："要是我是这片暖气就好了，可以熏黑一片天空。"KO 说："不！熏黑一片墙就可以了，你要是想熏黑一片天空，那你就得是一个烟囱。"

我们住的地儿暖气特别足，而且不收取暖费，因为是地热。有一晚我们聊完天，像往常一样，和 KO 议论完一些作家的作品，以及时下人们喜欢用俗气十足的名词当作书名，特别缺乏趣味之后，我们照例转到对一些电影的关注上了。KO二十三岁，像当年对欧一样，我建议他从事写作，或者戏剧创作。也许有一天，他爱背的台词，那些使他热泪盈眶的话和细节都能用得上，就像他经常说的"我站在第九级台阶，再往前走，就是高高的水塔"。

我打开DVD放上了《萝拉快跑》。

城市就像芯片一样，在影像中快速衍生。紧密的节奏就像我们日渐长大的心智在相互不停地敲击和催促中成熟的节奏，未来到底会是怎样？

有天早晨我问KO："你爱我吗？"，KO像往常一样说"爱"，我信了。我知道他是个有思想，能分辨爱与喜欢有何不同的人。不过，我们的关系仍是同伴，合居的sex partner，生活中的好友，文学艺术上的谈话对手。我们分担房租，为彼此制造丰盛的晚餐，邀请朋友或被朋友邀请，但这都不能证明爱情是我们最好的归宿。诺言和想象就像风中美丽的花瓣，在不合时宜的时机凋落，就像秋天的果实长在了夏天。

应该说，我常使自己和不爱的人保持亲密的关系，这大多源于我的同情。

"我知道生活的节奏已被时间之钟安排得井井有条,但我已不在其中。"

生活有不合想象的地方。我们亲吻、做爱，模仿每一对恋人，背他们说过的台词，分享任何生活中可能有的细节与感动，但每一样都难以达到最终的统一。因为我们的终点不是彼此，而是音乐，而这就是我们要在一起的原因。

我体验过很多貌似爱情的爱情，最后发现那还不如现在这种同伴生活来得更真实，因为它让我发现，心灵的童稚和清澈是必需的。有了童心式的坚贞与不屈，才可能对未来充满憧憬。我知道生活的节奏已被时间之钟安排得井井有条，但我已不在其中。因为我已走过，而KO还有美好的明天。

尽管KO说"never forever"，但我知道，有一天当他找到真爱，拥有这个世界的时候，这一切是值得的。在有多种可能的明天，我要继续与音乐拥抱，分享最真实的现在。

如今，虽然我和KO已经分离，我们在现实中和精神上完完全全是独立的两个人，不再相互依赖、依存，对彼此也不再有太多的牵挂，但我们仍会去关注对方的作品，无论是音乐的，还是文学的，也许在那里面都饱含着我们对生活的同一种爱。

这年秋天，我住在 B-502。B-502 是 65 号楼的一个单元，我已经在此度过了九个月，几乎每天都在这条路上走来走去。这条路是我走得最多的路，我偶尔会坐那种三元钱一趟的"小蹦蹦"，更多的时候我会感觉很糟糕。这边没有什么人，白天晚上都很清静，宽敞的五环公路朝东延伸，有些与世隔绝的感觉。在夏天的傍晚，从路边的栅栏里看见学生们玩篮球，下午，有些孩子有时会隔着栅栏买冰棍。路边那些梧桐树已经长高了许多，夏天总是很快过去。

飘荡的歌谣

23岁,应该说长得很有缺陷,这是我和他在一起感到最遗憾的事。几乎我的每一位男朋友,不是演员的身材,就是模特的脸蛋。不过有时候,为一个人的样子去说三道四,这只能平添你对生活莫名的愤怒,看来我对长着一对尖利的虎牙和鱼泡眼的老 YoungKo 之所以有很大的意见,就是因为生活和音乐的问题把两个本来没有多少联系的人给密切地联系到一起去了。前者和我们是血肉相关,而后者关系到我们的灵魂健康。这对于任何一对像我们这样既有些愤世嫉俗,又一心渴求风花雪月的小资们都是一样的。并且,我们还要履行对对方起到一定舒适作用的性,那是我们对彼此的责任和义务,是义不容辞且不可回避的。某些时候它确实软化我们的斗志,催化我们对对方的不满,但简单来说,它是游戏中的必需和自然。

有一晚我们聊完天,我准备去楼下小卖部买一根油笔,一打开钱包就发现里面没有散钱，只有一张叠成几折的五十元可怜巴巴地躺在钱包夹层的一角。打吃完饭，我就不怎么想理一天到晚什么也不干的老YoungKo，也不是我多不想理他，或者是我非得把一个美好闲散的夜晚葬送在因没钱和看不到前途而有些沮丧的情绪中。说实话，这么做可实在是犯不上。而且，打从昨天晚上的亲热和浪漫开始，我就做好了和老YoungKo一起生活几年的打算，尽管这打算确实没谱也没边，但我着实不想和一个每天要面对着的人怄气，哪怕他是一个陌生人。

我按了按门铃，想让老YoungKo给我送一块钱下来。我希望他少走点路，就对着我们那间五层的窗口喊："你把钱扔下来就得了。"可惜楼太高人没听见。我站了一会儿，转身往楼下的草坪那儿走去。不一会儿，楼梯间大门开了，老YoungKo站在那儿，穿着那件一百年也不换的红球衣，手里攥着一块钱。"你要不要和我去转转，如果你愿意的话。"我面无表情地说着话，感觉好像从不认识这个人。从昨晚的啤酒、可乐和音乐上，我知道，要想让一个人成为你的朋友、情人，或者建立什么同伴关系，都得先学会尊重他，而我有事没事就对红球衣又捶又练。"要是你想去的话。"对方没反应，我只好又加了一句这个，我知道学会客气总是好的，而且那会使我们更有疏离的感觉。

"你去哪儿？"那主儿又是这套。"我不知道。"我看了他一眼，看着灰蒙蒙沙尘四起的傍晚，感觉好像到了萧瑟的秋天。

我就那么站了会儿，看见红球衣走到前面去了。"你去哪儿？"红球衣回过头态度冷漠："你去哪儿？""你还讨厌我了你！""你一天到晚喜怒无常的，谁受得了。"我们一边冷战，一边一前一后地出了小区大门。小区门口有几家烟雾缭绕的烤羊肉摊，一大群摆摊的人正忙活着生意，一副自得其乐的样子，映衬着我们沉重的脚步。还是在冬天，我就建议老YoungKo和我一起卖烤羊肉串，只有这样，我们才能过上白天排练，收入靠其他来源的生活，这样主要是为了自主。如果有可能，我会卖掉我那迷你的数码相机，再新换个DV，把这样的生活做成纪录片。如果有机会，兴许这是个不错的起步。我一向都想活在自己设计好的生活中，不过，这算不得什么崇高梦想的计划遭到了红球衣的拒绝和一再阻拦。路过那些看过千百次的被草绳缠绕着、被我和红球衣统称为"木乃伊"的树木，我们的心都疙疙瘩瘩。而眼前的真实景象只能说又是一次对我感情的历练，我再也不想这样生活了，我感到气馁。

黄色绳索包裹的"木乃伊"在身后远去，下班了的建筑工人在无数次和我们相遇后回到了他们居住的地方。天空被对面学校篮球场的栅栏隔成了一条一条，就像透过一张真实的画布看过去，却蓝得让人舍不得多看。那些穿得各式各样的中学生就那么跳跃着，让人感到更大的不真实。

"如果你和一个电线杆生气了，你就不理电线杆，也不理我。"这的确是我的不对，我常常是个容易把自己孤立，而且极端容易褊狭的人。有时候，我会为了自己的想法而不管别人的感受。

我已经这么生活了好多年。

昨天我去找他们乐队的老曹，路过一个杂货地摊，给老YoungKo买了一个顶着花儿笑歪脸的瓷猪，昨晚吃饭前给了他。后来坐在阳台的沙发上，我躺在他腿上看书，就听见窸窸窣窣掉眼泪的声音。可能平时总是对他呼来唤去的，突然看见一个人柔情蜜意，是谁都会感动的。晚上喝完酒临睡前，就看见老YoungKo亮着眼睛说："你看过《甲方乙方》没？"我摇了摇头，我对很多片子都没什么印象，不像老YoungKo能把很多电影台词倒背如流。"那里面说有个男的平时老对他老婆不好，后来不知怎么意识到老婆的珍贵了，突然让人给老婆又是煲汤，又是按摩，把他老婆吓得。刚才我看你给我买啤酒，我都不知道要干什么了，特别不知所措。"

在没搬家之前，老YoungKo为了帮我搬家，去找人借了钱回来，去通州我住的地方找我，我却两天也没有人影。后来他告诉我，他自己一个人在浴室偷偷哭了很长时间，还写了张纸条留给我回来看。那张纸条和他一直戴在手上的一串佛珠被我放在以前住的那间客厅里。有次闹脾气，我把那串佛珠给摔到了楼下。想到这些，我只能打趣说"你是我的保姆"，因为老YoungKo说《甲方乙方》里那个女的好像是她老公的保姆。说笑着，我打算再也不这么对我身边的任何一个人了……唉，你也许不怎么能理解我现在这会儿思绪万千的心情。

有天晚上，我和老YoungKo睡不着，就租了周星驰的电影来看，他已经无数次推荐过片子给我，不过因为那天下午生气，我们去常营市场那儿租了《喜剧之王》什么的。回来后他看得津津有味，我也一边画小人，一边跟着他乐。

那些天我很犹豫，有一种明日黄花的感觉，而且在找不到北的情况下，更会如此。我总是在纸上画出那些藏在我脑子里又没法说的感觉，那还真是一种感觉，因为你没法把你每天见到几百次的"木乃伊"和黑夜中在周围闪着绿光的寺庙联系在一起，它在迷你相机中太具体。"你知道有些电影也像音乐，拍得没有情节，但那色彩、光……"老YoungKo说起这些的时候，神情和我一样，我想不出到底是我在熏陶他，还是他在陶冶我。

　　看完电影的那天早上，两个人都睡不着。我已经在无数次争吵中发现了一个铁的规律，那就是我们必会在一个有两条线的地方会合，或者交叉，或者各自而去，我们从来学不会并拢，一起朝前。我实在对自己要做的事失去了信心，倒不是我没有什么把握，只是我同样在无数次"揪斗"中感到身心疲惫，就像一匹早已蹚过河却仍然要站在岸上的马，不肯朝前走去。

"像一匹早已蹚过河却仍然要站在岸上的马,不肯朝前走去。"

山水爱人

只要一想到广州,早些年在广州生活的影响就全跑了出来,比如夏日阳光下的植物散发出令我欣喜的气息。我相信我喜欢广州,皆因为那里的吃的。虽然我这个人吃饭、做饭的水平一般,也没有什么物质追求,只要精神快乐就比什么都开心,但广州早期在我心里种下的物质生活还是一直延续着它那独有的魅力。

一个人对城市的选择实际上也构成她对生活的内在要求,当初要不是一场意外的婚姻把我留在广州这一我必经的站台,我就不会有后来的生活,也就不会有后来的山水爱人。

和我的山水爱人相遇在酒吧,那是多年前的故事了。那时的我们都不大,因为年轻而相互吸引,因为美貌而钟情于对方。我喜欢他的朴实和自然,他疼爱我有加,同时又给我父亲般的呵护与关爱,我的伶俐聪明和鬼马精灵自然也是拿住他的天然法宝。就好像天造地设一般，我们成为一对，使当年那个一直漂泊辗转在孤独寂寞中的"模特女郎"终于成了一个有家的人。

那时，我们刚开始自己的生活，我也因认识他而放弃了北上发展的时间与机会。留在他身边，是为了一个归宿和无定期的爱情结果。

1993年开头的时候，我还是一个在精神上寻求自己的意象的艺术爱好者。因此，那时候书本、音乐是我们内在感情的碰撞点，而我接触欧美摇滚，认识和感受那种活生生的音乐气氛，也是通过他——这个犹如阿兰·德龙一样英俊，在我生活中真正被我称作男朋友的山水欧。

山水欧喜欢考古，这和他学习的时装设计有太多不同的地方，却十分适合他那沉默、顺从也有些执拗的牛脾气。在我们两个人中间，总是我说了算。从一开始，山水欧就没拒绝过我的任何要求，这在我不多的男朋友中实在是很少见。而就因为在和他的关系中形成了一种惯性，使我后来在离开他以后依然在性格里带着那些我们共同生活时造就的毛病。也就是他，在我每次生活最紧张的时候，总像家里人一样依旧对我如从前，无论提出什么事，他都不会有什么抱怨。最让我难为情的是,在我发展自己的新恋情碰到很多不愉快时(当然我不会同山水欧讲),总会在物质和感情上得到他的帮助。即使没有太多的话语和交流,也感觉到这么多年的默契已经让两个分离的恋人成为彼此最忠实的朋友。

不过,在 SARS 期间我的一系列糟糕的行为终于使我和山水欧成了不再相互挂记的亲人。

春光漫漫

我回到家里，看见妈妈不在，地面整洁光滑，屋里十分清爽，床上的被子叠得整整齐齐。我找了点吃的，顺便把带回来的廉价食品放在桌上。今天小雨，天气冷得很。

之前，我在QQ上给采访我的记者发了个信息，把说过的不好的地方更正一下。说实话，那些话语都十分愚蠢。对了，我还有买房及装修等事宜需要想一下。我爬上床，找了几本借来的读物借着阴暗的天色翻起来。

那年的四月，我坐上了通向A城的列车。在火车站的公共空间里，我看见大型影像墙壁的屏幕上，他在奔跑。由于镜头和效果的处理，他着装后在屏幕上的感觉顿时使我吃惊并且怀疑我的目的。是的，我为什么要去A城，A城是我第二次要去的一个地方，就在前两个月，我已经和他去过那里。

那一切也在我的预计中，如同水面上的烟花散发着星星点点的气息。

我抵达了 A 城。后来我一度又因为其他事务登上那片土地的情景，此刻还在我脑海里与 1999 年春节我与他在那里发生的一切交织着。

他是个敏感的人，同我相见在一家酒店。1999 年春节的夜里十二点，我们在两张床之间谈话。我们之后聊的无非是一些两个人所要面对的现实问题。

说实话，在这些话语之间，我还是温存地倾听。我们都欣赏对方，彼此是对方的偶像。截至目前，我与他之间最为要害的一点，我想是他有个家室，即使他们没有结婚。这对我来说，在心理上尤其是个负担，以及很严重的障碍。不知从何时起，我就给自己规定不许和有家室的人这样来往，当然我碰着的他就是在认识我前已经有了女朋友一类的人物。

对此，我是没有什么好解释的了。其实他在我们可以单独相处的过程中，给过我无数的信心和感应，他希望我能对应他的感觉。这些感应和相处时的细节曾千百次地回旋在我脑海中，如同一个反复不去的长音，停留在我生活的旋律中。他是我所有的主题以及爱的象征。

把归宿、目的地同音乐，同一个出色的男人联系在一起，这会使我上够自己的当。天，我真的没有分析过，我同他是一种类型的人吗。

之后，他讲了许多他和她之间琐碎的问题，因为我们已经把彼此联系在一起。这个1999年春天的节日，我在那个有着煤矿与灰色天空的小城，和他相守在一个小旅馆的房间。我不知道，此后，在我固执的爱与恨的生涯里，他会成为一个重要的章节，影响着我的人生。

我再次踏上那片土地是和S乐队去那个小城演出，碰巧的是我遇到的认识的酒吧的人，正是从前他的朋友和发小。或许是再次跌入了与一个酷似他又比他优秀的男孩儿的感情中，我对着他的发小诉说他的种种不是。想到那时自己的表情，我知道我是那种真正可以把自己的错误嫁祸于别人，用自己的罪过惩罚着别人的人。

风之舞

像那样的节日里,大街上空无一人,破落的小店紧凑地靠在一起。在一个陌生的城市,由中午至下午去找一个可以吃饭的地方,是很让人对自己有些怀疑的。为什么这么任性地把自己抛在一个从未来过的地方,尤其是在万人举杯相互庆贺的新年里。

这已是这个世纪最后一个春节了。

由北京至山西的列车上,整条列车也只有十几个乘客,世界竟然可以突然变得这么安静,只剩下火车的隆隆声。节日真有奇妙的魔力。它可以把一个几十万人堆砌成的城市拆成一座空城,只有爆竹烟花,在荒郊农田的上空喜气洋洋地炸开来。

我找了家离车站最近的酒店住下来,看着窗外落满煤灰的窗沿,心里感慨起来。在来这个陌生的地方之前,自己做了件蠢事,现在不知该怎么面对这种问题。

因为不能发信息，我无法把心里的话传递出去。自第一次和他冲撞的日子以来的恐惧，又慢慢袭上心头。无论如何，我搞不懂问题出在何处，意识里没有信息发射，也收不到任何信息，这正是情绪最沉寂的时刻。正午，太阳很彻底地把光投进我寄宿的旅店里。在床褥和桌椅上，暴躁的光线挪动着，当光扑过来紧贴着我的皮肤走动，肢体即刻有一种被刺穿的疼痛，伏在空气中的意识却一点也没有想离开的意思。

临走之前，与路和朴在团结湖那幽暗散乱的房间里过了除夕的晚上，许多朋友去到偏远的通州放烟花。

下午，我把手和脚放在旅店的白被单上用油笔拓印出来。凡是我住过的屋里，枕套上墙皮上被子上瓶子上杯子上连同厕所的马桶上一定都画满了画，忘我地涂鸦差点成了我的另一项工作。这简直就是没有爱情生活的活见证。

我知道人有时是会漠视自己的，像漠视他人那样对自己不置可否，那种习惯虐待自己的人不是太残忍就是太愚昧。而我已然像一个农民那样养成了没有交流也能自己面对自己的朝夕，这对身心的进化多少是有害的。并非是我不愿去接近我爱恋的人，而是对爱的恐惧感总让一种低能的控制力抢占在先。我相信悲剧的力量就是一直以来有一个看不见的东西在操纵我的生活，它常常颐指气使地率先遥控着我的每一个选择。在每一步至关重要的选择中，总是这种有意无意的念头在指使着我的行为。起死回生的力量和天生的破坏力一起紧紧地缠绕在我的神经上，它们就像我命运的阴面和阳面。

个人生活的失败曾让我对自己的言行过于自责。出于本能，我多少在极力克制着自己的感情，然而交流的需要又使我更加渴望被人鞭笞、打击。暴露出自然的本来面目会使我有着巨大的快感，就像做爱不仅仅是身体的解放，也是头脑的新陈代谢，也需要新的表达和交流。

当爱不再是心里的一个幻想时，我反而从容。的确，柏拉图之爱给过我无数的想象，虽然它没能成全那个我以为很深刻的爱情，但它给了我跨越生命极限的力量，这是我在普通感情里得不到的，这种力量已被我当作道具使用在我的作品里了。也许我所有的一切都出自我内心的需要，具备着深度与广度。我相信只要一个人所做的事可以为他人带来力量和启迪，她就应该对自己满意，感到幸福和平静。

我是否已忘记了过去，忘记了对那场并不存在的爱的演习。为了那如同夕阳西下东逝水的爱情，我早已重新信任自己，崇尚着简单浅显的快乐。我想起自己曾是那么想成为他皮肤旁边的一个东西，是我无数次地对他说道："我想和你睡觉，我想和你生活在一起。"

不知为什么，我总是想起来在山西吃过年饭的那个酒楼的大玻璃柜里，有一对长相奇怪的乌龟，一个压在另一个身上不停地蠕动着。它们的相爱是如此像人，有着千变万化的斗争气。也不知出于什么心理，我竟然将它们的各种表情和动作给录了下来，现在这盘录像带就在我的书架上的一个铁皮盒子里。是的我爱他，至少从精神上。

"是的我爱他,至少从精神上。"

双重坠落

阳光普照进来，风吹动着百叶窗。正午时光，我躺在床的一角，像一条失去海水的鱼，在沙滩上哀泣、悲鸣。床就像那片没有海水的沙地，猩红色的条纹棉布在我赤裸的身体下卷曲着。干燥、潮热、无数的欲望之水，退却在我和 C 之间。

从昨夜到现在无数戏剧性的冲突出现在我和 C 之间，很难说，我的戏不是为自己而演。

C 是一个质朴的诗人，有农村生活经验。在遥远的西北荒漠，他写下了由脆弱心灵发出的呼吸般的诗句。C 的处境令我感受良多。

简单地说，他是一个过于善良，且容易被无知的人弄得忘记自己在做什么的诗人。他把他那些在沉痛中哀叹、赞颂或者怀疑过的诗句下载到我的电脑里。我对他说过，我需要的只是志同道合的朋友。在这点上，我们有共同的收获，他借给了我许多我想看却没来得及看的作品，那是他的世界。偶尔，他也与我谈音乐。我们的哲学观和价值观没有冲突，或许我喜欢的是运动着的生活，是在浪漫旅程中建立起来的问候。

C坐在床的一角，沉默不语。昨夜，那个荒谬的晚上，无数的故事从我的心头掠过，我无从知道讲哪一个比较合适。

在我曾经的岁月中，如果生活就是艺术、是戏剧，那么我就在其中扮演了太多角色。我想好好讲出这些蕴涵了无数真理的故事。如果音乐可以让我进入梦幻，那它也同样让我忘记现实。虽然在这真实的梦幻里我经历了一次又一次颠覆自己的爱情，触及了一场又一场屈辱和血腥相掺的对精神的蚕食。在双手捧着钱和眼泪与自我较量的生活中，我不得不承认这是比现实还要惨烈悲壮的梦幻。

暗夜妖娆

笑起来，一定好看过他们。比如这眼神和这性情，十分地嘎，多些男孩气，少些女孩的淡雅，但又觉得这才是自己。在风尘中流转的心情如歌的旋律，些许时间高吟，些许时间低哦。梦里那个缠绵痴情的女子，已经在生活中化为一个坚定并依然执着向前的人。

一切好像游戏，有时必须把困难或者不快乐的理由当作一种必吃的药。

情欲就像那些黑暗的思想，输送着心灵的愿望，在思想的河床中飘荡。那些似乎不负责任的春情一有了瘾，便不肯放下。

由于不喜欢叙述和白描，有时便会连那些男女间的性事也忘了，不晓得曾经那个渴望在尘世中歇息的女子怎么还是这般一心要靠着情绪的流动，把那些文字的旋律用时分的秒针串起来，为的是不枉得那些如诗的感叹。

曾经喜欢过一个用画面记录心情的人，未曾谋面，也少有交谈，然而却有过太多的留恋和往返，或者说在那些沟通的夜晚，心思整个被图像占用。当年那个人把那些等待救赎的心情全都托给了一个自以为是恶女之最的我。

后来，那缘自然地尽了。那些曾堵塞在灵魂深处的矛盾自然随着机缘化解。那些回想便成了抒发自我的手段，就好像寂寞夜里的一束春情，固有它本来的苦，却是你必吃的一副药。

或许，这副药曾经可以拯救你的灵魂，拥抱你的身体，看穿你的思想，凝结你的情感，就像音乐中的和声与主题结构形成对比、类推，虎虎地上升、旋转。那空灵的声音魅影不成具象之时，便有了琴瑟合鸣的自由。

2003

故乡与城市

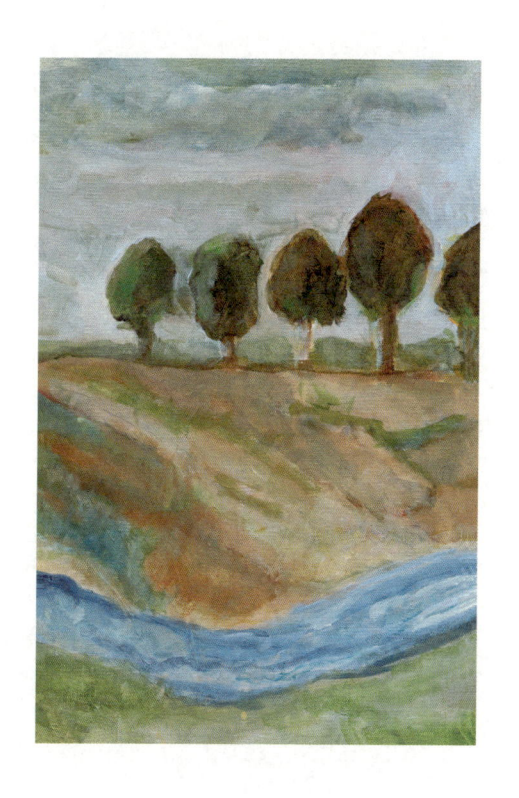

我在边缘也在中心,我在都市也在村庄,
我靠行走进入天堂,我靠语言进入世界。

我与北京

北京永远是一个梦的城市。

说起北京,那还是九几年,我作为一个纯情少女,为一份浪漫的爱情追逐过它的存在。那时候,遥远而伟大的首都就作为一个神圣的文化之都,在众多文化青年的仰慕中,成为人们的朝圣之地。那时候的伟大北京,和我限于一面之缘,待到后来真正认识它,却是在九年之后了。

九年之后的那会儿,我已是一个二十六岁,却才刚刚找到自己人生方向的女孩。满怀赤诚,满目昂扬,一副就要势拿天下的感觉。在我的眼睛里,长安街不仅仅是一条宽宽的马路,更是实现我梦想与野心的始发站,而高高的天安门也不仅仅是用来观望人民英雄纪念碑的一个热门景点,而是种栽了我理想与自由的瞭望台。

当我第一次打算真正与这个地方血肉相连,从此不再分别时,热泪和令人晕眩的狂想充满了我瘦小的胸膛。在信仰和热念的支持下,一瞬间,我好像已成了一个胸脯挂满奖章的英雄,在无数崇拜者的目光中再一次走向自己的梦想。

事隔多年,当我无数次在失败与挫折的伤痛中回顾我曾经那些赤诚而天真的梦想时,一切好像仅仅发生在昨日。泪水沿着我的眼眶打转,当我发现北京不再是初春我坐车路过天安门的那个早上对我狂热梦想的礼赞。那是我第一次发现自己是个地地道道的野心家,是个始终为梦想而奔走的游吟者。

没错,在这里,歌唱是我的事业,而艺术作为心灵的表达,也延伸着我的情感。我与这里的一切息息相关,我又与这里的一切格格不入。有时,我仿佛是一个陌生的过客,徘徊在它的边缘;有时,我又从远方呼朋唤友,仿佛是在这里长大的主人;从籍贯上讲我不属于这里,但在国籍上我又是这里的人民。

是的,这里是我的精神故乡,孕育着我的思想,增添着我的希望。它目睹了我的成长,也给了我无数信念上的给养,这里诞生过我神秘的爱情,也死去过我孤独的绝唱。有多少日子,我默守长安街的宽阔、古旧,感受这城市的

"我与这里的一切息息相关，我又与这里的一切格格不入。"

霸气；有多少时间，我漫步悠长的胡同、小巷，怀想大江南北的风骚。时间与这个地方同时老去，故宫的金檐碧瓦映衬着北海景山的风光，颐和园的长廊和竞放的荷花依然是我的最爱。与这个古老的城市比起来，我还年轻，心中全是无限的理想、梦境和对生活的热望。

我曾经住过很多地方。第一个离我的记忆远了，但它依然有很多有趣的故事留在我的记忆里。第二个地方也同样留下了一方甜美的记忆，因为它已经和我所追求的梦想有一个连接，那时候的生活里，有许多令人牵挂的情感、友谊，使我如今总在岁月的流逝中追忆它们的存在。

生活的根基到底在哪里，我也说不清楚。不过，能回归自己的所长，回归对于音乐的感情，实在是不枉那几年的苦读。我是个感受力很强的人，接下来，无非是在一个容易抒情的城市找到自己的旋律，把生活写成一首首动人的歌。

时间是一串串音符，优美的感情就是那动听的旋律，只有美好的人生才能留下动人的乐曲。这就是我讲述的北京的故事。

2004.5

万象家园：记忆广州

我没有去过南京，对于江浙地区，唯一能想起的地方，就是在阴霾天气中架着三四十年代租界建筑的上海。上海是一个明媚的地方，略带着娇嗲，比广州齐整，比北京时髦，还比弹丸大的香港住得舒服。

而广州，是一个夜的城市，美丽的木棉花开在高高的木棉树上。绿色的棕榈叶子伸展在都市花园的一角，醒目的酒店招牌在川流不息的人流车流中映衬着蓝色的天空背景，浮云在飞机的轰鸣声中迎来一个新浪潮的冲击。好像人们脚下生风的步履带着急促的响声，把整个大陆的人都抛向了这里，列车像钢制的青色鱼龙，把心怀美梦的人载到一个陌生的地方。

广州成为我个人生活的第一站。

坐在宽阔的双层大巴里，闻着从未闻过的城市的气味，观赏着从未见过的各种树木的模样，闪烁在夜色中的霓虹灯仿佛在暗暗告诉我：你，不管会不会这里的语言，都永远是一个外省人。

广州的感觉很嫩，有些像撒野的孩子，地面散乱着永远也干净不了的垃圾。无数海鲜和食物每天被准确地消费，如果失去了鲜美的物质生活，广州就和一些没有特色的地方一样，毫无吸引人的基础。

它是个神秘的城市，陌生、谦和。在白天是一个朴实而勤劳的村姑，临夜，又像一位已解风情又风姿绰约的女郎，不停地接受着各种身份、怀有不同目的的人的问候。

刚到南方的时候，我把最初的生活安排在石牌一个乱哄哄的农民出租屋里。第一次和南方的物质风景相遇，我害怕大城市纷乱街道里的十字路口，害怕那些新鲜的建筑、奇特的生活习惯，以及生活用语。那里有来路不明和神色可疑的人，脸上的表情显示着改革刚刚开始的气息。我们谁也不知道路怎么走，而广州郊区的农民们正好可以放下手中种植的水稻，把阴暗潮湿的房子租给来穗打工的外省人，自己好乐得打麻将。混在一堆面目不清的打工仔里，我难料自己的明天。习惯了北方的街道，受不了那些七拐八弯的小路，和梅雨季到来时的阴冷。在失去安全感的心

"广州的感觉很嫩,有些像撒野的孩子,
地面散乱着永远也干净不了的垃圾。"

理状态里，我像一只被城市猎人追赶的羚羊，孤独而机敏。

在我已经适应南方的时候，我成了一个可以在画报上露脸的商业 model，而我的精神更加彷徨，好像随着荷包的充实，生命变得更加漫无目的。我像一个忘却自我的玩偶，有自己的思想，有自己的行为，但不受自己的控制，这是多么不让人幸福的事情。如果幸福是感受自我真实的生命，那我是否一直在丢弃着自己，离真实的自己有太大的距离。

搬到了城市里的另一个寄居地，广州成了我寻找爱情时的鸟巢，捆绑着我的飞扬。我驻足于酒色美食，它们让人变得更不真实。

站在租来的阳台，美景成为忧伤的最好衬托。来自四面八方、挤满这个繁华都市的青年，看不出哪一个比我陌生的停靠点更为危险。倾听诵经般的粤语，使人逐渐抛弃了真实的自己，在陌生都市的水仙花瓣上，我何时默许了自己把一份难以说明的情愫交给这个南国都市？

对于野性的我，广州是雌性的，她有她的丰富和贫瘠，也有她的富贵与俗气。

记得和她生活在一起的那些年，我风华正茂，如一棵青青的小树。原本是一株野生的北方植物，却来到开放、肮脏的城市冒险。像野草一样的杂念塞满了我的脑袋，我知道在没有方向的漂流中，我会随着命运的安排，顺流而下，途经所有。

如今我依旧记得那些我此前从未看过也叫不出名堂的蔬菜和瓜果，大排档和海鲜酒楼里让人目不暇接的海味山珍、肥鱼瘦燕替代了我所有的狂热梦魇里跳动不安的那根丝线。令人眼花缭乱的西湖路、北京路……我曾迷失在太多精致美丽的小玩意儿里面，缩进我棉花糖一般的生活里。在那新潮豪华电影院的双人包厢里，我留恋过与最爱的人同生共死的情节。我记得我总是那么钟情河粉与鱼蛋，在装修一新的冰室，我曾与我的他聊过他的未来和我的生活。

当初要不是一场意外的变故，我就不会留在广州，也就没有我后来的生活。实际上，一个人对城市的选择构成了她对生活的内在要求。你是难以与一个始终陌生的城市融为一体的，与那曾深爱你的恋人也是如此。分隔我们的是我想做一个艺术家的朦胧梦想。

那年的一个下午，金黄的阳光照在我租住的阳台，整个秋天我都沉浸在离别的伤感中。这种伤感与对未来强烈的幻想，在新旧生活交替之时难言的混合令我晕眩。告别一个城市对我来说是那么容易,仿佛一团寒流中的空气"唰"地就飘到另一个区域去了。

是的,告别广州,就像告别一段生命的母体。在漂流到任何地域的任何时段里,我都无所保留地奉献出我自己,但在流落花都的几年里,却只有无知的混沌。我无法知道,自己是谁?大约因为如此,所以才在离开它之前,那样拼了命地把所有的小玩意、大物件,还有沙发被套,用过的阳台花伞等一并运到另一个地方。城市,真是你的城堡,在那里装载你的安全,承接你的野性,而一个孤独的自己永远不过是不停搬运的蚂蚁,在属于自己的巢穴里建起一个又一个新的洞穴。

2004.8.28,北京

广源路

我搬到了广源路，那是个杂乱无章的地方，新建的立交桥上裸露着钢筋和脚手架，无法通行的马路使打车成了费劲的一件事。所租住的楼房房东是一个微胖的胖子，因为好友一次性交过房钱，自从搬到那儿再也没有见过房东。

楼房是位于四层的一居室，空气良好，那会儿巩俐是刚出道的新星，我用她微笑的面容遮住了赤裸惨白的墙壁。

因为血甜，故而广州的蚊子特别喜欢我，初去的时候，整条胳膊犹如红萝卜那般，又肿又粗。最初我怀疑，蚊子对我这般袭击与青睐，是否表示我真的不适合这个城市。

而事实也确实如此吧，我本就没有久留的打算，需要桌椅、床垫等物品的时候，我只是花很少的钱。比较贵重的物品只有去一家音响店买的一套音响。大约实在耐不住寂寞，加上那时有学英语的风潮，我也特别有跟风的热情，不仅自掏腰包在中大试读过半年的学业，也尝试将全套的双向式英语资料读了个齐整。

其实，要不是后来搬到北京通州后也见过那四处散落的双向英语磁带，或许那个在大雨中拎着大捆资料的我就在关于广州的记忆中烟消云散了吧。搬到广源路的日子和住在石牌村时是一样的，只是这里更干燥些，比起曾短暂住过的湖南文联招待所可就好多了。那是个要在坐一个小时船后，再走过长长的没有住宅小区也没有村民的干燥的堆放沙砾的地带才能抵达的地方，它有些像废弃工厂的一个角落，充满了令人恐惧的神秘，而我因同伴女孩儿无暇照顾，居然也自己一个人在那个像火柴盒的房间待过几晚。阳光总是照着我灰灰的眼睛，我像只猫儿警觉地注视着那在阳光中自由飘舞的灰尘。

招待所食堂的人给我新买的饭盒里盛些有猪肉的饭菜，我就觉得很香了，只是晚上睡不着，因为你不知道这个神秘的地方会有什么样的陌生人闯进来，他们又会干些什么。高大的建筑工地和拖车，使铁皮盒子一样的二层招待所既像一段被遗弃的半截列车又像一段长而大的铁皮棺材。而每当白天，我和高大美丽的湖南籍模特女伴走过工地的时候，身后那些男工人们心态难测的目光和远远一两声口哨无形中加剧了我们两个女孩的不安全感。我在那儿待了不到半个月就和同伴各自天涯，寻找各自的出路了。

　　命运的选择使我留在了广州，留在了一待就是三年的五羊城。生活逐渐发生变化的时候，我的心也更加空虚了。放在音响上的那套资料随阳台桌、电视和大小物件被打包到了北京，而没有声音的记忆就像黑白电影中的画面，时针的嘀嗒越发让它凸显无疑。

"我像只猫儿警觉地注视着那在阳光中自由飘舞的灰尘。"

记忆与牵绊

对团结湖的最初印象停留在1994年肖全发表在《我们这一代》上的一张余华的照片。大约因为余华作品的另类风度与文学的热度，强烈的好奇心使我对余华身后站牌上的"团结湖"三个字印象深刻。对我来说，厚重而具有深度的文学，正是这个时代的文化象征，它使文化成为一种生活方式，被千千万万像我一样的热血青年所追求，也最终使我们走在了自由思考的道路上。

这样，北京就成了一个无数青年抛洒热血与赤诚理想的地方，使我在某些或许错误的概念里，把团结湖和北京画上等号。那时候，我还没有正式进驻艺术氛围日趋浓厚的这个城市。想不到，有朝一日我竟会住到这里，我的生活也和团结湖发生了紧密的联系。

从香山到老山，从劲松到安家楼，团结湖是我在北京居住时间最长的一个地方。经常是在夏天，婆娑的树影好像浓密的大伞，金子般的阳光点缀在地上，白玉般的栏杆在铺满石子的路上投下自己的影子。这样幽静的景致让人心里平添许多淡然的感情与寂寞的色彩。

我在这里住过两个地方，一个是北口，一个是中路。中路傲人幽静中的贵气伴随着平和的百姓生活。这里晚间的景致更是一片悠然。在所有租过的地段，中路最能给我诗意的感觉，无论是大雨滂沱，还是小雨清风，它就像是电影里的一个画面，幽静而深邃。你不会想到在喧闹的北京，还有这样闹中取静的一个地方。新建的姚家园和石佛营一带的小区，就更有这种闹中取静的气质了。这一类的居住环境对我可是最有吸引力的了，离城不远，可又在它的边缘。再加上附近的公园以及无太多车辆行驶的马路，这样的地段算是北京市租房的首选。

在团结湖生活给我带来最多的可能是安逸和宁静。团结湖一带是三环之内最有生活气氛和家园气质的一个区域。回忆最早住过的北京劲松，它的气质与团结湖相比可就差远了。地理位置的不便、过于热闹的街市和货品单一的百货大楼，使得一到晚间下班时间，下班的人和卖羊肉串的小贩就堵住了整条小街。到了夜晚，风扫过充斥着垃圾和臭味的街道。夏天，走到院子里面，在能看到的石板凳上，下午却几乎没有人在那儿纳凉。最犯愁的事儿，大约是风景的不美加上树木的单调，难怪我有些厚此薄彼了。

这几年，我确实住过很多地方，每一个地方，都是一个驿站；每一次迁移，都是未知的改变。但这些地方没有一处像团结湖那样令我印象深刻，大约也是因为那里种栽过我太多幻灭的青春故事和无数发呆时刻对爱情的胡思乱想。不过，我知道随着我的又一次迁移，那些留驻过我的地方终究会像时光中已然流逝的每一个瞬间，最终成为美好的回忆。

2004，常营

昆仑琐记：我与青海

这是荒漠中一个有着古怪意境的盆地，这是一个北通敦煌，东去柴达木的地方，在一个与格尔木相去不远的地方，青海成为我的第二故乡。

如果住在某一个地方，就能把那里当作自己的故乡的话，那么我可算作半个青海人。虽然我不会讲那里的话，也没有在那个地方真实地留下我青春的明证，不过忆起往昔，和它认识的那段时间是我绚烂时光中最温暖的记忆。当珍藏在我记忆中那些令人回味的生活如在秋天淡淡散去的蒲公英消失无影踪的时候，它们的种子却落在松软的土地上。虽然我和青海如今已各自天涯，但那些美好的感情就像电影中一个个让人无法忘怀的画面，回想起来，一切是那么清晰，仿佛一切都在昨日。

青海是我的家，那里是我长大的地方，是我总会向人介绍的家乡。它与我的来历有关，就像画布上的背景，衬托出整个的我。那儿有爱我养我的父母和一起长大的弟兄，有我破旧的自行车和一捆捆被遗忘的日记簿。那儿留下过我整个学生时代最美好的时光。在看不到天空的小煤窝房里，我那生锈了的乐谱架是否还在黑暗的角落叹息，为我感伤；还有我的小提琴、那架刻有我名字的黑钢琴、垫着白色隔音板的练琴房，从何时起它们陪伴了我整个的学生时代，又从何时起，已不复记忆中？

曾几何时，我为生活沉甸甸的爱所陶醉，像个纯真的孩子，信奉纯洁为唯一的真理。我怎能忘记那窄窄街道上孩子们的阵阵欢笑，我又怎么能不醉在碧蓝天空下撩人的深秋，它如列维坦笔下的风景画——是我用铅笔复制过的——它们怎么会叠拓出我激荡的人生和命运？究竟是哪一天的哪一刻？我对生命的追问是如此彻底！

多少个夜里，多少白昼，怀想那一张张熟悉的脸庞，他们的眼睛里是否还有和我一样的憧憬和希望？我要问：在朋友们的欢乐、同学间的歌声中，如今有谁会和我一样，在对过去的怀念中忧伤彷徨？

那片夹在书本里已没有了生命的红枫叶，究竟是哪一个下午被我的双手所撷取，是从哪片山谷的树林，又是从树林中的哪一段树梢？在布满油迹的小纸条上，是否还留有初恋情人温馨的笔迹，在那醉酒的夜晚，月亮是否依然是当时的模样？从何时起妈妈的黑发已有了白花，妹妹那红彤彤的脸蛋也侧面证明着青春的易老。在某个熟睡的夜里，我是否依然还是那个执着的我？

世界如此之大，一滴水就能淹没我的存在，无从知道我的前世，也不想知道我将成为什么。我走在大地上，用精神丈量着大地的广阔。是的，我从不曾向你奉献什么，而作为回报，你就陪伴着我一起度过了我孤独的青年时代。

我自问用一万支笔也无法写尽心中对你激荡的情感，千万年的化石又如何解释你翻跹中的变迁？那风情万千的草原，有多少人赞美着它的孤独宁静，又有多少人能真正领悟它的美妙？遥远浩大的巴颜喀拉山脉，从我来到你的身前，你就让神明将神圣的字眼刻进我的脑海。我窥视你的明艳，好奇你的体魄。你神秘莫测，如同高贵的处女，而我是游荡在你孤独湖畔的游牧一族，是你拥有黑头发黄皮肤的永不知疲倦的浪子。我是你胸前虔诚的僧侣，在漂泊辗转中永世把你赞颂膜拜，你就如同我生命的旗帜，定义了我的前世！

巍巍昆仑，我怎能不感叹你的奇异，怎能不震动于你的威严，昌耀为你留下了光辉的诗篇，使无数诗人紧随其后。我吟唱着：在倒淌河岸边，晚风吹着树影，安慰着青春寂寞的美，无限的青春一去不回。

2004.8.20

"当珍藏在我记忆中那些令人回味的生活
如在秋天淡淡散去的蒲公英消失无影踪的时候,
它们的种子却落在松软的土地上。"

西部的色彩

我一向很喜欢那种有荒凉风格的自然地貌，如寂寥的沙漠、荒芜的戈壁、广大的高原、纵横的山脉。因为那里的天、那里的树、那里的自然留给我的印象是：在别致的风景和自然里，人会对生活有新的认识。而西部的荒凉正带给人心灵的沉静，使人认识到自然的伟大。连最幽默的大师卓别林也说：荒凉有种特别的美。

在从小开始对西部生活的认识里，它们留给我深深的印象，一种不能改变的品格。

当我从云层的上空看到那绮丽的山脉、那刀锋般绵延的山脊，当我从奔驰的车窗向外观赏崇山峻岭间的险要处、路途的绵延不绝和曲折隐藏在雪堆里的山峰，我想说：我真的是这里唯一对你姿容动情的过客，我心怀崇拜阅读你西部面貌的一种——尽管荒凉，却博大，有着感人至深的震撼。

我时常想到青海、四川、云南、甘肃那具有高原风格的湖泊与山脉，和其他具有不同地域色彩的植物与生命。那里的瓦房、牛羊、道路、地貌、河流和树木，无不带有高原生动的旷美，和一种令人豁然开朗的开阔。

在沉浮的世间，我以为凡是能驻足于风景、不能忘却自然的美的人，一定是个在灵魂上寻求最纯粹的表达的人，而我就是这样的人，这也是我常常要回归故里的原因，因为我愿意领受这繁盛生命中的赐予，这大自然的福祉。

西部曾是许多青年人心灵的归宿，它代表坚持自我信念的人的风格，象征着一种追求和精神。从游吟骑士凯鲁亚克到回归野性的艺术实验者……都是自然的儿子。

自然是一种赐予，也是一种洗礼，我最寂寞的怅然是来自一种思念。是的，对那大山与湖泊的向往，就如歌声与音乐对我的牵绊，它锻造了我豪放的气质与一颗火热的心灵，而这就是我的本质，也是心灵给予我的色彩。

2008.4

故土

飓风修饰过这个地方,所以它贫瘠野蛮,含着藏而不露的汹汹气势。在冬天,如果高大的杨树无视荒草的弱小,那它就不够谦虚,一点也不像北方人的性格,别说因自己专享的名称——北方战士而闻名于世,其实连勇者和忍者的称号都配不上。

春天,胆大的叶子先绿了,布谷鸟在晴天里放声歌唱,山上几何形的梯田拼接成谜一样的图形,彰显陇人们的智慧。一个甘肃人,不能说正宗的方言,不像来自穷山恶水的蛮民,这反向加固了老爸的焦躁脾性。在我们接近他时,他便要显示父权的威力。他把更多的精力放在传宗接代的事情上,好符合他一个过门女婿的身份,但这也不能使他手下的马和骡子有所安慰,越发要爷爷去更远的地方喂饮它们。

那年头,龙王爷和天老爷闹翻了,谁也不管地里的庄稼。春天的玫瑰特别娇艳，开在狗拉屎的地方，有一股香喷喷的味道。长在土墙上的枸杞用明红的颜色挑逗小孩子的眼睛，个儿高些的忍不住攀上去摘几个放在口里，也不怕摔个鼻红脸青，又尝不出什么味儿，悻悻然地说些瞎话，年少无知的东西们倒也是各有各家的长短。

没有人和爷爷结仇。生上十个孩子的多得是，八个不算什么，但养起来困难一点。爸爸作为长子，承袭了爷爷暴躁无理爱训人的性格，多半是惯出来的。爸爸还没有心眼的时候，奶奶就已经带着两个十岁大的姑姑夜里去偷洋芋或者豆荚，晚上偷偷煮食。第二天，两位小姐和一位踮着小脚的女士就会手握语录，提着篮子，排在人群中高唱。大缸里的水要挑很多担才满，山路不好走，再加上没遇上可心的姑娘，二叔和三叔总为此吵嘴打仗。吃饭的时候没有人说话，要是吃得慢，那就没有第二碗。

降生在这样一个家庭，固有可悲，但也不无荣幸，连同一个年代，构成我的赤胆忠心、说一不二。生活在这样的家庭，拥有这样的血脉的各种特征，我未有过任何不快。不过，谁有权利在出生之前选择自己的父母，在成人之后选择自己的命运？谁又有权利对自己曾走过的路和遭遇着的一切感到不幸？漫长的一生在刚开始时都会被打上属于它自己的胎记。无论如何，被皇天遗弃的那块贫瘠土地年年天旱无雨，却年年耕种不息。不管上天怎么亏待它，它总会在秋季给人一份不薄的收获，正如最终让我释怀的父爱。

山

我看过的山很多，但没有一处山可与我故乡的山相比。故乡的山多由黄土构成，在天然造化的形成过程中广为农人所用。它们连绵相带、绵延不绝，广阔的气势在高处可以尽收眼底，这就是陇人生活在此处的豪迈。

山，在西风号叫的北国，像俊士围着心爱的姑娘。它有一种漠然的情怀，又与土地紧紧相系。如果青海是我心目中的蓝，甘肃便是我心目中的黄，黄是山的特征，是土的特质。

山围绕着河，这里雨水稀少，水便成了喂养千百生灵的血源。山围绕着桥，这里交通不便，桥便成了通向未来的象征。傍晚的山，是一幅天光星际下潇洒的剪影，是水墨画中的黑色勾勒着夜的轮廓，渲染出黑的静谧。

山是沉默的斗士，它层层叠叠；山是土地与天空的护卫，守护着森林与草原；山是寂寞的舞者，独自倾听河流的歌声；山是一种意象，像贞洁的爱情与生命。山是沉默的，也是寂静的，这寂静造就它的力量。与人的渺小相比，山脉的神圣就在于它的力度，它有一种不可逾越的伟岸与威严，因为它的启示，我也从它的形象上读到了气魄。

最早认识山，是这样的记忆：还是在小时候，要走过漫长的巴颜喀拉山脉。汽车行驶在道路上，高原低矮的天空压在连绵的山脉上，在暮色霭霭的傍晚，有草地上的鲜花和变化的云朵。雪山的积雪终年不化，遥遥立在天边，仿佛是沉默的斗士，守候着每一寸属于它的土地。它凝滞高大，不具有人的神态，却令人对其着迷。在自然面前，仿佛有无数的答案与疑问，它却没有话说；似有无数的语言向它倾吐，它却从不给你任何可能；就这样与它相对，已经化为一种理解与感应。世间万物原来都是有灵性而给人启迪的，否则，你哪儿来的那份执迷与了然，非要在它的怀抱中寻找自己的家园？无论是在精神还是在物质上，它都给你永远的宽容，这便是我理解中高原的情怀。

牦牛圈

甘肃是我的黄，青海是我的绿，在我五彩斑斓的画板上，我总记得那个叫牦牛圈的地方。

车行进在宽敞而舒展的高原上，四周赤红色的土山在绿色的大地上远远注视着我们。车就像一只小甲虫，而我的心情就像眼前一眼看不到边的高原。开阔的思想带动着我，我赞叹着西部景致的豪迈、豁达，感受着雄伟的自然、人类的渺小。哗哗响的山风吹动向阳的树叶，光的斑点像一面镜子照亮了树影的背面。"仰望星空宇宙的无限，赞美着红色大地的景观"，诗歌在我的脑子里和另一个我进行着对话，我一边对开车的表姐夫说着自己的追求与生活，一边在脑子里回味着这诗句给我的印象。

我的老家在甘肃的北面，缺水多山，村庄与村庄之间离得不远。农庄环山丘而建，层叠而上的梯田让你心旷神怡。从山顶的小路俯瞰一家家农舍，夏初时节，正是午饭时分，只见炊烟缭绕，好像云朵飘荡在山腰，远处云淡风轻，实在是人间仙境。

车在我的思考中上了一个斜坡，停在一条小路上，那不远处掩映在树影中的农家院子不就是爷爷奶奶住了一辈子的家吗？

远处传来几声狗吠，推开门扉，就是那个我再熟悉不过的庭院。太阳在正午时分把光线洒进院落，儿时奶奶添过柴火的那间柴房还在。那头尾巴上拴着红条子的老驴拉过磨的石磨槽条凹凸，上面散落着几颗没磨的黄豆。而高房和记忆中的太太早已不复存在。

我打量着好几年没来的爷爷奶奶的家，这里已经成了四叔和他两个孩子的天地。中午的阳光照进狭小的厨房，一时间，仿佛又看见儿时的自己蹦蹦跳跳、跑进跑出，手里拿着奶奶刚蒸出来的洋芋，或捧着一碗热气腾腾的猪肉炒的血面馍馍。门外，还未结婚的二叔、三叔在爷爷和乡亲们的带领下，齐声喊着号子，用汗津津的肩膀和双脚打着桩子。坡下边的麦场上，有人大声喊着婆娘，用簸箕扬着刚收的粮食，边上立着各家各户刚起的麦垛子，丰收的农忙景象让麻雀开心地、叽叽喳喳地吃着散落在一边的麦粒。爷爷家墙边那棵白色的刺玫瑰已经开花了,在鼻子底下散发着浓浓的香气。

我来到院子外面,印象中那棵落满银条的白杨树,依旧歪着脖颈站在院外的坡旁边,它是否也和我一样度过了人生的少年、青年时期?每当它孤独的时候,是否想起过同样孤独的我?想着和它一起在这里度过的年岁,如今它和我一样都成了沧桑的中年人。

回过神,再看看四叔一家。日子这么过下来,四叔转眼已成了两个孩子的父亲。四叔是爷爷最小的一个孩子,他和弟弟的年龄相当,但他们的生活际遇却是不同。当在连队的弟弟喝酒打麻将的时候,同为男子汉的四叔却撑起了比弟弟重一倍的生活担子。他不但要和性格开朗活泼的四婶一起开垦几亩梯田,还要照顾自己两个孩子的吃穿。年老的爷爷奶奶虽然身体还算健康,可成年男子汉的责任却不让三十岁的四叔有半点歇闲。

春天,他和四婶耕田播种,撒下燕麦,播下豆子,种上红麻;夏天,等施过肥,修好了猪圈,便用心经营几头肥壮的牛羊,不让鸡跑去刚出了芽的菜地里;秋天一到,麦子黄了,豆荚绿了,地里的洋芋也能卖钱了,他便和四婶顶

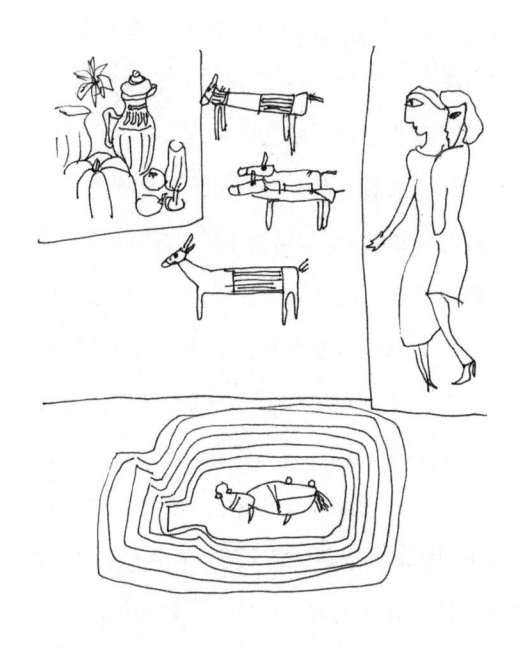

"甘肃是我的黄,青海是我的绿。"

着炎炎烈日,把一年的收获都换成钞票,这些收成供着两个学生的花费,还要偶尔称点青菜改善一下生活。两位上了年纪的老人,一个要抽点时间给买上点旱烟、冰糖和茶叶,一个还要给扯上件褂子带到城里看个头疼脑热的。冬天呢,雪还没下,又要忙活上来年的要事:肥料是少不了的,还有药草的苗子、该修的篱笆和农具;等把那圈里的羊和牛们卖出去后,再买个小牛犊儿回来,来年养成了大牛,再买个小犊儿。而那载着我来去县里的突突响的手扶拖拉机正是四叔能力的象征,也是帮他干活拉粪的好伙计。

我和四叔属从小玩到大的伙伴,一起经历过美好烂漫的童年,更一起品尝过家乡贫瘠生活中的甘甜。小时候留在记忆中的故事大多是和贫困有关的,但天真的童年中,心灵总向往美好的事物,只有那份真情是值得人信任的。因为这个缘故,在我怀念故乡时,总要将几件旧衣服,或者一些孩子们能看的书籍寄往乡下。那几件衣物虽然微薄,却代表着我挂记老家人的一份心。不知为何,我总是对家乡寄予了许多的怀念,难道是因为它的土壤?

吃过饭,脸上总是喜气洋洋的四叔带我看了他新做的猪食槽。那是用水泥和石灰倒模出来的一个长方形石槽。

我惊异四叔居然还有这般手艺。接着,他打开一个窄窄的木门,让我看看他花了四年时间为家人打下的一口水井。井很深,大约有三十多米,从杨树黄了的沟底到爷爷家住的高坡上,差不多就是这个距离,四叔一面摇着辘轳,一面得意地说:现在吃水方便了。

四年,一个大学生的金色年华,一个年轻人成长的一段日子,也是勇敢的四叔和自然较量的时间。

站到童年和四叔还有和村里小孩嬉戏的老杨树下,我没有言语。我看着那千沟万壑的大地:塌陷的地貌同时遭受着黄土和风沙的侵蚀。这一切都说明了在这块贫瘠的土地上,要生活下来需要多大的耐心,而我爷爷奶奶的家庭已经在此生活了好几辈子。

刚犁过的地还没有下种,平整过的梯田一层层齐整得就像小学生数学本子上画的横线。小时候夜里随姑姑们去看戏的那间戏台子,还安静地立在坡下面的麦场上,像等待着我的到来。而到了长大成人,我等待的就是为这片土地喝彩,为它唱出我心中的爱与歌。曾经我以为自己有足够的力量去改变这里的一切——家人的生活、这里的贫穷,用充裕的经济条件来馈赠这片孕育我精神的土壤。然而,我至今却仍是一个漂流的过客,是一个来拜访它的客人。

牦牛圈!这个我儿时记忆最深的地方。环境的艰苦造就了老家人简单的生活态度,生活的贫困磨砺了他们粗犷而耿直的个性,而他们精神上的健康单纯更折射出城市生活的浮躁和浮华。农村生活教给我为人的诚实和豁达,而我要求自己胸襟博大,这样才不愧与它血脉相连。

这里是我的根,有像母亲一样养育了我二十多年的河流、土地、白杨树,是我正直人格的精神故土。我知道,我已老去,但留在我心中的依旧是浓厚的乡情,和无数记忆中的平淡岁月。

2004.9.1

童年之歌

就像一颗种子,我被妈妈带到这里,阳光在我头顶旋转,爱在我的身体里循环。

——题记

童年就像远方山洼里的泉水,就像沙石晨露里的雨滴,童年也像奶奶背篓里的青草,童年像田野四季里的童谣。

小时候又聪明又顽皮,满脑子的奇思异想无处释放,只好上山摘野果,下河洗澡玩。夏天看见蝌蚪长着一条小细尾巴,到秋天尾巴没了又变成墨绿的青蛙,心里惊异大自然为什么让它变成了另一个样子。晚上常摸着尾椎骨,想着那截丢失的尾巴如果吊在自己后面该多好玩,又隐隐觉得那条多余的尾巴准是人的羞耻,所以才把它给去掉了。

离家不远的坡下面,是一条又宽又大的河。傍晚一个人常去那儿看河里的云彩,有时候,阴云密布的天空夹着

"阳光在我头顶旋转,爱在我的身体里循环。"

一点风,在那儿一抽一抽的。我痴迷地盯着它,大自然隐含着的秘密令我神往。

春天的雨把满树的杏花打下来了,我走在泥泞的路上踩着它们,像踩着自己的心。烟雨蒙蒙的气氛让我觉得世界上美的东西不但消失得快,而且消失中还带着一种看不见的痛苦。到冬天,大雪把整个世界漫坡的黄土给覆盖了,我孩子的眼里却发现了一种辉煌,我像一个王者审视着我的王国,这个奇美无人的世界。那是我有生以来第一次被一种举世无双的孤独感给震撼着。

我常常不是去河边和小伙伴玩新郎新娘的游戏,就是对着池塘里的蝌蚪把泥巴抹在腿上当肥皂玩儿。生活让我深深沉溺在美好的事物中。自然是我最好的老师,我惊叹于山川美丽的画面竟然能倒映在晶莹剔透的小小冰凌上。我对着遥远蓝天上的影子发呆,也对淙淙流水一往情深。说不出我稚嫩的惆怅为何而来,也不懂我为什么会对手中的游戏感到索然无味。我盼望着能像表哥表姐一样,奔跑在辽阔的黄土地上的上学路上,而绿油油麦田的芳香把远大的志向淹没在蓝天最边缘的一角。

有谁知道那随风摇动的甘蔗和芦苇在大雁飞过后想的

是什么？它们怎么生长？又如何老去和死亡？令布谷鸟迷失其中的森林，纵然有人烧它、砍它，却断不了它的根，它是否会问：到底忧伤孤独是为了什么？

人的记忆真奇怪，他一定不记得第一次叫妈妈时的感觉，也不记得他第一次看见这个世界时的想法，但他一定记得生命给过他的最初的幻想，就像每次我看见家乡那条通往远方的公路，我就会展开自由的想象。那时的我沉迷在妈妈为我缝制的五彩沉香荷包里，也喜欢看叔叔是怎样把手帕变成一个会动的"老鼠"，我好奇地听着奶奶给我讲吓人又新奇的老故事，我那可爱的姑姑们经常在做饭的厨灶前让我给她们唱首儿歌。

小燕子穿花衣是我最会唱的歌！

夏天，我逗弄着隔壁叔叔送我的土拨鼠，对着手里的万花筒发呆。春天，妈妈给我买来了漂亮的木公鸡，在夕阳斜下的晚霞中我拉着它去饮水。我记得那儿有深蓝色门神的剪纸、大片大片的白色豆荚，还有碧绿的梯田、粉红的杏花。白杨树在秋风中跌宕，发出哗哗的回响，山风把我的脸蛋吹成了藏红色。

一个冬天，雪下得很大，我起得很早。大雪把整个世界都封存起来，好像一个巨大的白色布景罩在大地上。家门前的那棵白杨树被裹成了一条条晶莹的雪条。看着在大雪中沉睡的村庄，我的心好像也被封冻在这冰冷而洁白的世界。不知为什么，在与雪国对话的一刹那间，一个小孩子的心里装得最多的是孤独，或许这就是心灵的本质。从那以后，我爱上了一切与寒冷有关的事物。

雨沙沙地敲着窗户，落叶覆盖着原野。随着秋天的到来，我像一片叶子那样离开了童年的生活，到别处生根发芽去了。

2004.8

梦境德令哈

我在网上搜罗关于德令哈的信息,想着多年未亲近的这个西部多沙的城市。是否还像以前,人们在夏日户外的劳动中要戴上厚厚的口罩,以躲避强烈的紫外线。有好一阵子,我总是爱买《青海湖》杂志,无论是在旅途还是在回家途中,偶尔地一瞥,心底也仿佛会浮起对整个西部的印象,那是遥远地图上土黄色的一圈。而对偌大的西部的情感最后总是会越缩越小,缩成几个小点儿,集中在几个我所熟悉的地方。

格尔木究竟是南是北,是西是东,我终未清楚,但我知它是属于青藏高原的。如果这能说明我与整个青藏高原的亲近,那我会对它说声:谢谢你,我的伙伴。是的,可爱的青藏高原是伴我度过许多青春时光的圣土,而购买故乡的文化读物,仿佛能说明我依然没有忘记那里。不过,格尔木也好,德令哈也罢,其实都不应出现在我失落的语言

"可爱的青藏高原是伴我度过许多青春时光的圣土。"

中。因为对情感的回忆，应当找一个比较安全和合适的地方释放。

德令哈在往昔岁月中留下的幻想，是一部充满蒙太奇的电影作品，是一幅挂在墙上的古典油画中宁静处女的样貌。它抽象，抽象到具有排山倒海的狂暴感；它晴朗、没有污染，具象到我认为这是一个可以和美国得克萨斯州相比的地方。然而它又很疏离，疏离到我从同学寄来的黑白照片里，只能模糊地辨别出那荒凉、漠然的大陆。

我能想象在大雪降临的冬夜里一个被雪覆没的都市。而在郊野，被白雪盖上被子的群山横亘、伫立，万物无声，四周白光盈盈。大地空灵、深沉、静谧，白色的天使舞动六角花瓣，有一种深不见底的静止。仿佛时间都不存在了，在没有生物的静态的雪里，有自然非凡的能量，让人感觉到时间的永恒。永恒与无限是同义的，它们都代表时间的停滞。人类内心深处的孤独使自然和我们相互对应，这或许就是踏上月球的感觉。也许在外太空，在没有人的空间，这样的幻觉总是会突然袭击过来，而来自外太空的光晕，会使你在短暂的瞬间感觉到自然的震撼。

德令哈在记忆的牵绊下有些遥远，甚至，它比黄土高原和青海湖更让我觉得,那不是一个我的脚步曾抵达过的地方。或者,我真希望自己从未踏上过那片土地,如此一来,我便能歇息在它广阔而苍凉的粗犷中,让太阳强烈的光芒照在我苍白的脸颊,而我消瘦的身影将倾听梦的雨声。

我想起那次回乡看望昌耀的情景。这也使得那次德令哈之旅在岁月的尘封中,被我像拾荒者那样揽搂入怀了。应该说,是西部造就了昌耀,而昌耀也使西部荣耀。如果一个人能在黑暗中发现色彩,那也就足够了。

此时,眼前掠过多年前去往德令哈路上的情景。火车在铁轨刺目的亮白中前进。在广大的旷野,火车是微小的,如一条孤独的虫在行走,缓缓爬行在山野中,多像我们人类失去欲望的瞬间。

子夜零时,火车头又自峡谷东南准时来了,吭哧着,吭哧着,将一列长长的货箱推上西山脊背。

喏,窗外月空何其灿烂,到处是轰隆轰隆的云朵,允我五分钟不得入眠。(昌耀)

2004.10

我的甘肃

我们就像蒲公英一样，落到哪儿，哪儿就是我们的家。

——题记

甘肃是我出生的地方，也是我时常想念的家乡，三十多年前我诞生在那个贫穷而落后的地方。桃花烂漫的四月，我利用闲暇时光，在一个春光明媚的下午，登上了西去的列车。

一路上，匆匆掠过的站台，逐渐熟悉的山峦，以及那吐着绿芽、春意盎然的田野，使思乡的情感在疾驶的列车中变得那么强烈。我的心在不知不觉中被带到远方，对故土的思念就像一首熟悉的歌曲回荡在我心田。

是的，距离上一次看到家乡又过了七八年。过去的一切还留在我的记忆里，朦胧中，我仿佛看到故乡往昔的一切。虽然回乡的路程不远，现代交通设备又是如此发达，但一颗游子的心却是最难猜测，因为连她自己也说不上，何时重回故里。

从陇西到定西的途中，一路风景优美，如诗如画。想不到，家乡的春天是这般美丽，我却从未留意过它们，也未曾想到家乡贫瘠的土地能有这般富饶自由的气象。每一处风景都是那么地打动我。我陶醉其中，并且总是在想，不知来年的哪一天，我会再次来此欣赏它宜人的面貌。

火车奔驰着，把田野、树木、新长的禾苗甩向身后。夜抛弃了白昼，那些不断闪过的电线杆、田野边站立的树木掩藏在深夜的星光中，好像也要去向一个遥远的地方。随着时间的逝去，我的心焦急起来。

带着我流动的思绪，火车停靠在一个小站：定西。老家的城镇已经变了许多，火车站、街道、路上的行人、小摊，和我到其他城市的感觉是一样的。到处是高楼大厦，有模有样地立着，这里没有深圳的繁华，也没有上海的颓废虚荣，更没有广州的靡靡之音和首都北京南来北往的乌烟瘴气。

算起来，家里由爷爷那辈开始就在这片土地上耕耘，到如今，我父亲靠自己在外打拼出了天下，而其余的兄弟姐妹也有了各自的归宿，散落在大西北的黄土地上。在我记忆里，打从我出生起，甘肃这片土地就和贫瘠的面貌有紧密的联系。干旱、龟裂的大地是它最明显的外貌特征，在方圆几百里的山沟里，你无法从任何地方找出一条水沟或者河流来，更别提这里的物质生活条件——至少在我小时候的各种记忆中，是可以用恶劣去形容的。我无法想象我的祖辈、父辈与其他生活在那片土地上的人们，究竟是经历了怎样艰难的时刻，才走进今天的生活。

下了车，我先给舅舅家打了电话，没有人接。我知道舅舅还像从前那样在忙活着他的生意，都晚上九点多了，还没回家。这时天还未全黑下来，肚子饿了，我便走进了一个有"搅团"牌子的小饭馆。

搅团是甘肃的特色食品，也是我一直想念的家乡饭的一种。吃过美味的搅团后，打点好心情，便坐车来到住在郊外的舅舅家。舅舅已在路口等了半个小时。辛劳了大半辈子，岁月在他的头发上留下了花白的印记。他看上去依然像从前一样亲善和蔼，有一种谨慎中的稳健。我没有多说什么，就像从前一样，跟随他的脚步上了那熟悉的二层小楼。

进了屋，还是多年前的舅舅家，表哥们都已不住在这儿了，舅妈正好回了乡下老家。喝着茶，在舅舅问长问短的声音里，我打量着舅舅红润健康的脸膛儿。在我心中，舅舅是一个用吃苦耐劳的农民本色改变了全家人的生活的人，是用辛勤的劳动创造了自己命运的智者。他正直而高尚的品格就像西北高原坚实的山峦，而他性情中的柔韧又使人想到黄土坡上的白杨。他宽阔的胸怀在那片土地上撑起他不惧艰难生活的笑容，而他那份从容镇定和骨子里的豁达都在这笑容里表露无遗。像他这样在大时代中找到了自己的位置，发挥着自己才干的人，在当下农民中有很多很多，但我最尊敬的还是我的大舅舅。

　　在小时候，舅舅就是最牵挂我的人，那些记忆中颜色漂亮的气球、手绢儿，还有我上艺校时的第一块电子表，都是舅舅给我的礼物。已到了天命之年的舅舅仍像好几年前我见到的那样，总是勤于劳动，疏于享受。我建议舅舅不要再这么劳累了，否则他那硬朗的骨头，还有他弯下来的腰，都会在几年后不听他的使唤的。

　　我向舅舅打听：老家那座养满了牛马的农庄还有没有人住？记忆里的是已经去世的、非常疼爱我的姥姥，还有门前那气味香浓的刺玫花儿、那条看门的大黄狗、后院种了好多年的核桃树,以及小时候一到秋天就在树下等着摘的红樱桃。在和舅舅的对话中,漫上心头的是许多在儿时才有的欢快场景。或许,随着家的变迁,我是再也回不到那个曾有过我许多童年欢乐的故园中去了。

甘肃是一个让我感觉亲切的地方,是我至亲至爱的故乡。当我还没有自己思想的时候,就与这里水乳交融。我是它的赤子,一个久久未归的故人,在对它温煦的渴盼中接受它赠予我的语言、皮肤,以及所有其他对它的强烈情感。我与它无法分离,黄土、白杨、河流,连同那干涸的大地,都在我的身体之中。在我的爱情里流淌着它们的血液,在我的怀想里铭刻着它们的存在。

应该说,很多年后,当这片土地与我共同经历了熔解、锻造和时间的洗练后,如果要把它比喻为一种颜色,我理应赋予它最美丽的黄色。我把它看作养育了我心灵与灵魂的伊甸园。它赠予我的这块生命正年轻,刚刚成长,不过我也知道,如果时间有一天要我重返原途,它也将以我最不了解的方式亮出它银色的辉泽。

2004.9.15

"如果时间有一天要我重返原途,
它也将以我最不了解的方式亮出它银色的辉泽。"

写在旅途

2003年春节，我提前回了家，妈妈见到我很高兴，因为这是这么多年头一次我看上去似乎很听她的话。我不得已地应付着家里人的问候，一面竭力想从纠缠我心神魂魄的魔性深渊中拔身而出。但我知道，以我曾经将自己陷入其中的姿态和力气而言，它很难一下子从我的生活中蒸发抑或闭合。

妈妈和爸爸老了一些，但似乎又不全像我看到的那样。他们依然在我心头占据着一定的位置，但我总是为自己的事忙个不停，除了睡觉聊以慰藉苦涩的心灵，就是到街上的小吃摊和夜市溜达。像一个过客那样露出匆忙的神色对我而言显然不太合适，但我也无法以全部的精神沉浸在就要过春节的气氛中。我的整个心情和1999年回家时相比已然激昂了许多。从回家到过年的大部分时间，我总是泡在离家很近的网吧，没日没夜地"创作"。我的"创作"就是在日夜争斗的精神纠葛中寻找一条既安全又高明的出路。

偶尔我会和在异地的朋友通个电话，电话里说得好似自己在写一部"大作"。事实上，我从未动笔，那些气势恢宏的心灵史诗只是偶然掠过，在我的理想主义版图上轻翻着它的画面。你知道，那是我们在都很年轻的时候共同拥有的一个梦，而关于它，我一向不会诉说太多。因为我相信，迟早有一天它会像带着火花的流星划过我眼前，而在旋转的地球上，四季依旧。在更新迭代的繁衍中，新的光荣将取代旧的思想。

爸爸任职学校的风景依旧没变。黑暗的夜晚，寒风吹在这个边缘城市的上空。我从22岁起就离开了这座城市，中间除了有时候春节回家过年，对它的记忆少得可怜。那些和我一起长大的同学好友早已沉入岁月，没有任何联系。

下午我很怀念地去了原来的单位，在门口张望了一下传达室，还是那么黑洞洞的，像囚室藏在半地下。这止住了我想再去寻找或拜访任何人的可能，在他们眼中，我早已不再有什么和他们来往的可能，那大概也是我的性情所致，上学的时候我便喜欢独来独往，总喜欢一个人的清净。

西宁是一个我留滞了很多年的地方，北京、广州、玉树、定西也都留下过我青春的足迹。青春这样的字眼,从我开始写《倒淌河》起就已然出现在我的心底。这么多年过去,我依然要对自己的生活交出一份青春的答案,就像有些人喜欢把死亡写在生命的边缘。

写《倒淌河》是在很久以前的1997年,那时的我无论如何也料不到生活的曲线会以这样大的幅度在我面前延伸,让我跨越、奔赴与穿梭,而最终留给我的仍是它的开端。对于这样一个地方,以及留在我成长史上的往事,我时刻对它们怀着深深的感激。

虽然如今,我是个成年人了,而且太多的琐碎和生活的磨砺把我锻炼成一个不轻易怀旧的人,但只要提起那片土地的名字,我仍然会感到无限的怀念。

2003

麻地丸

家住在偏远的山地，没有充裕的物质生活，童年时期的光阴却显得那么清晰，在脑海中荡起久久的回忆。

我是个多情的孩子，难忘过去岁月中的点滴，我有时间的河流给予我的灿烂笑容，也有在那艰难岁月中的磕磕绊绊。无论生活给我怎样的限制与纠葛，留在心底的都是那对生活无限的爱。

1972年，我的弟弟出生，那时我是个喜欢拉着木头公鸡到处乱走的三岁小姑娘，生活在一个我们叫麻地丸的地方。我的母亲、我，还有后来的弟弟在那儿生活了将近十年。

麻地丸是一个不大的小山村，是围河而建的村庄。有一条宽宽的河位于村落的中间。沿着河塘走去不远，就是我每天背着书包上学的小学校。学校在村子的西边，四面环山，从学校的窗户看出去，是篮球场和高高的山崖，一条土路延伸到山的那边。

麻地丸人家的房子都在平地上，依河而建。那印象中充满许多趣事的河塘，一直是村里大人小孩们夏天洗衣嬉戏的地方。在村子的左边，那时候有一家奇怪的铝制品工厂。它的存在对儿时的我犹如童话，有一种离奇而不可思议的味道。它能制作出各种工具。烧着红红火焰的火炉飞溅着金黄色火花的场景，常常会将幼小的我从现实中纯正的农村场景里给抽离出来，给我新奇的想象与感受。那时候我就是一个渴望飞离现实的人物。因此，后来那间小作坊的消失在很长时间里都引起我的惆怅。我的感受力再次被埋没在熟悉的农村生活经验中。

那是能引起我再次回顾的一个充满诗意的地方，是自我感动中的满足与欢乐，是我初尝世界对我的馈赠。我醉心于观察草与植物们的花语与四季的变化。小风夹着细雨，我漫步在四月的田野。就是在这儿，我用幼儿童真的眼光看待世界，观察成熟少女的姿容和她们神秘的成长。我懂得了友谊会因欺骗而受伤，心灵会因辜负而碎裂，而对自然界奇美的探询，成了我儿时最快乐的事情。

山丘和山脚下的泉眼，组成了这个让我度过了童年生活的地方。它在我的印象中是亲切的,又是陌生的。尖叶子的马兰花,红艳娇嫩的草莓,还有一洼神秘的泉眼,躺在我生活过的那片地方。我脑子里整天有很多搞不懂的事,比如冬天看见油磨坊的屋檐上结了很多大块大块的冰柱,有一点山川旷野皆在里面的奇情异景。那种汇集了千川万山的架势,让我一下子感受到真实自然的东西带给人的惊奇。

离开麻地丸以后,我再也没有体验过喝泉水的激动和泉水的甘甜,也再没有吃到过我最爱的糜面馍馍。但我总想起,在夜晚星空下的学校操场边,穿着白衬衣的我把玩着爸爸探亲回家带的泡泡糖,看着头顶蓝天下飞来飞去的直升机,想象着带有艺术的本质与自由的情感的美妙人生。

玉树，玉树，我的玉树

由甘肃北部出发，经过西宁、格尔木，从崎岖多弯的唐古拉山口到通天河畔，历经一路的荒凉萧瑟，再从人烟稀少的山路下去，便是雪山绵延中的玉树盆地。

玉树在青海的西南部，属高寒地带，海拔五千多米，是一个谁去过都很难忘记的地方。在特早以前，交通和物质条件没那么好的时候，人们把去那里看作一种生命的探险。它的令人难忘之处在于：冷、远、美，以及不同寻常的地貌、物产和风土人情。那里不仅有著名的通天河与晒经台，更有一种特殊的、属于民族与民族之间的美好情感。只有生活在其中，并体会过那种感情的人，才能懂得它的美丽之处。

如果我能作为一位为玉树的存在而讴歌的歌者，诗意地抒发对我少年故土的情感，那便是我的荣幸与骄傲了。

美丽的玉树草原是一个有着国色天香和美丽传说的地

方。文成公主进藏、唐僧取经与格萨尔王等民间故事，无不在此留下传说的痕迹。记忆中的玉树除了一望无际的草原、白云、蓝天，还有那躺在小河旁，如白云撒落在碧绿草地上的羊群。我的小学阶段，也是我与少数民族同胞们的友情岁月，就是在这个有许多神话传说的地方度过的。它给了我了解其他民族的最初可能——这里的一切像一幅幅珍贵的画卷，只要打开记忆的闸门，它们就在我的内心深处散发出特殊的情感。

五岁时，妈妈带着我住在了从定西往玉树途中的驿站。那里有青藏高原的寒冷气候、冒着硫黄热气的地热，和浩大的天空中我从没见过的翻卷着的乌云。那些云阵凸显了青藏高原的辽阔和美丽。在偌大的天空下，高原的天气说变就变，巨大的乌云在转脸间翻卷，一会儿一个模样。辽阔苍凉的天空下，一望无际的油菜花波涛般起伏不定。在大自然这样的感染下，如果不爱上这片土地，那就太辜负了自然的造化。

在我还是七八岁的时候，因为我的爸爸，我又和它有了紧密的接触。那时，我还是个刚转来的学生，初来乍到，一切再新鲜不过。路上，有走不出边际的漫漫草原。遥远的天际，珍珠般闪亮的星星在漆黑的夜晚眨着它们的眼睛，仿佛在对有高原反应的我说：生活，就在脚下。在波光粼粼的湖面，通天河碧绿的河水在诉说着一个又一个神奇的传奇。

从省会西宁出发，途经许多驿站、州县，沿途能看到无数扳道和修路的工人。凛冽的寒风中，天空湛蓝，草皮上的水洼犹如油画，积雪在冬天尚未到来前的四五个月里尤为洁白，倒映着天色的青绿，而空中则因为雪光的反射出现两个太阳。神奇之域自有神奇之事。如果是夏天，情况就不同。就着暖风洋洋洒洒，车在一望无际的草原上犹如在西部电影里，你尽可以想象在这里将会出没着神奇的火枪手和戴着牛仔帽、英俊非凡的西部男子。他们在有温泉的客栈休息、洗去疲惫，再到有朋友的小县城里吃上一顿面片和糌粑。第二天的天光里有无数化龙为凤的火烧云，在天边等着你上路开发，一会儿是个笑脸的娃娃，一会儿又伸长胳臂，转变为一头蹦跳的小鹿。再加上伴你前行的去朝圣的喇嘛和穷苦人家，玉树的路，是神山圣湖间最美的地方。

每年的赛马会，人们穿上鲜艳的衣服，戴上昂贵的饰物，牵着儿女，打扮一新，以盛装对待节日，在河滩上扎营驻寨，享受真正的草原生活与远离物质文明的快乐。在那些快乐里，有少女对康巴美男的赞赏和热恋，也有人们对剽悍英俊的骑士与了不起的猎手的欣赏。如果你是一位不熟悉少数民族地区的外地游客，在赛马会和物质交流会期间，就更能感受到一个少数民族地区的自在和得意。

每年的秋季，大人会去山里打猎，嘎拉鸡和黄羊还有炸黄鱼，都是有幸能享受到的美味，至于城市人少吃的牛羊肉更是家常便饭。当然，有时还会有野鹿与狼。最可爱的是土拨鼠，随时在公路边穿梭，和那些对你不闻不问的大牦牛先生的态度可大有区别。

在玉树这块土地上，冬天没有蔬菜（很早以前物质太过贫乏所致），烧火用的是牛粪。不过，藏族朋友一年四季可以啃干肉、蕨麻、曲拉和各种手抓羊肉，青稞酒更是那里的特产。大部分到玉树工作的汉族兄弟，到后来生活习惯已被同化，而我们这些从小就有幸生活在那里的孩子，更是很快掌握了一些与日语发音相似的藏语，并时不时引以为傲地将它们抛出来。

它在我的印象中是亲切的，又是陌生的。落户于那儿，纯粹是机缘巧合或命运有意的安排。妈妈因为工作的需要来到这里，而我和弟弟的童年光阴就是在这里度过的。它让我与过去的生活告别，使我处在对世界的新的发现中。玉树的美除了它绮丽俊秀的高原风貌外，还有那里人民的质朴与自然。高天下的人民有着爱唱爱跳的乐观天性，和在艰苦环境中与自然拼搏却乐在其中的那种简单。

玉树，应该是我心目中最为宝贵的一块土地，它留在我心中的记忆和影响要比我生活过的其他地方都更强烈。从那光华四射的记忆当中，我仍然能窥见那片有着特殊地理位置、充满浓郁藏族风情的土地。在我成年后的生活中，只要事物把我带向最荒凉的地方，我总会想起那片给我很多欢娱的草原。

2003.8.20 —2004.11

我与人世

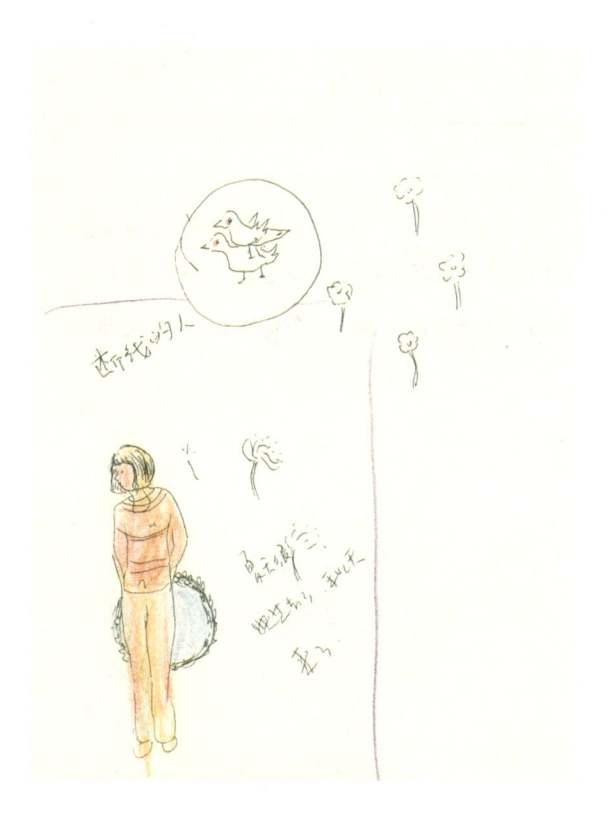

我的身体里有两个我，一个是爱情，一个是歌唱；
我的声音里有两个我，一个是哭泣，一个是微笑。

灰砾

我有好几个未丢弃的电话联络本,大约出于一种习惯,我总是有意无意地保留着它们。偶尔翻阅着这些令人惊心的回顾,但见那旧日的笑脸往日的风尘无数的往事尽在其中。小小的它们记载的是岁月的无情,留下的是缘来缘去的遗憾,生命中很多故事值得去书写,有好多人也必须忘却,相互没有告别也没有再见,便消失在人流中。

有的是几面之交,也有的有过书信来往,或说过什么相互温暖、共同进步的话题,但那样的情感就像海边的风浪,随着时光的移转,没入淡薄的记忆中。

漂泊的人海里你总是发现:那些逝去的如同沙砾,在时光的海潮中,被大浪淘去,如风一般了了、去了,没留下什么痕迹。沙砾总是会在时光的冲刷中随风而去,岁月那端的某一个人、某一件事都是曾在不经意中与你擦肩而过的。

城市像山涧的瀑布淘去与你不再相干的人,而田野里留下我们希望的种子。希望总是为新的人和事准备着,旧的总如灰尘,随风而逝。

2004.10.3

生命中的爱

妈妈来大连旅游,到北京看我。大概是我生活的颠簸加剧了她心里的牵挂,所以,她在火车站给我打电话时,就十分地斟酌。以前她每次来,都是在和我不时的吵嘴和赌气中走的。不欢而散是一件让人难过的事,这次她担心又会碰到以前的情况,所以,电话里对要来的事十分犹豫。

而我,虽然平时孤独惯了,但一听老人家要来,就十分雀跃。已经好久没见到家里人,加之大连北京这么近,如果错过见面的机会,那些给弟弟和爸爸买的东西,就又要放到年底春节了。自打住到安家楼,就因为居住环境的局促,不方便带朋友到家里,也因为总是想做出点事情,出去玩耍的心思没那么频繁了。我个人的心情和生活也因乐队的事蒙上了一层阴影。这时候她老人家的出现对我肯定是特别有帮助的,于是,我表示这次我会做一个好女儿,拿出点听话的样子来。

　　来北京后住过不同的地方，也搬过很多次家，可以说，有时候在生活上的落魄和拘谨令人尴尬，也十分让人沮丧。想到自己的现状，心里一阵发紧，无论从哪个角度讲，都理应是让两位老人好好地在自己的身边，度过一个幸福祥和的晚年。可谁知，我却连自己的终身大事也未搞掂，就再别提别的了。我想起老爸去年春节对我说"先成家，后立业"，谁都知道这个理，但事实和愿望有时差得那么远，以至于很多朋友都对爱情失望了，我却还走在一条幻想加理想的超现实主义道路上。

　　为了改变局促的空间和那种民工发廊妹进进出出的环境，也为了让妈妈来了能有个好的地方，我去通州找房子。说实在的，我离家在外的这些年，从未让她放下过心。在她的心里，我总是个不懂生活也不知道该怎么过的人。

　　我对妈妈有着太多的感恩，我从她身上能领悟到做女人的幸福的根本。从小看她为我缝制漂亮的荷包，给我用纸叠菱形的作品。妈妈的双手是那么灵巧，妈妈的情感也是那么细腻，总是和颜悦色的样子，她在我童年时是一个无所不会的人，给予我所有。

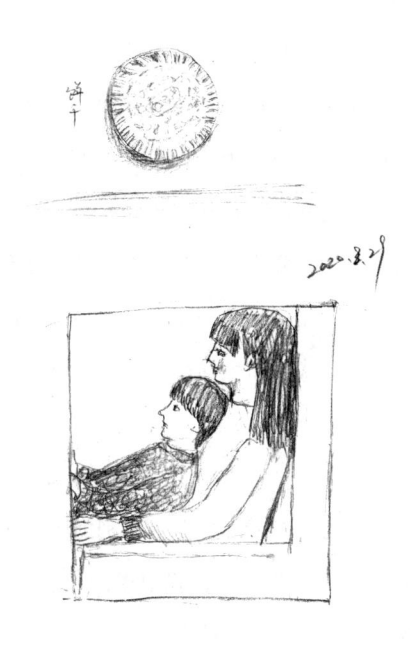

"四周的风景傲然挺立,风和日丽,
不远处的泉水和河塘在金色波纹的光线中沉默、静谧。"

十三岁的我作为女儿，在边上看着妈妈为了我上学缝制着被子。我看着她为我忙这忙那，听她说着叮咛的话，针线在她细长漂亮的手指中穿行。那时候，我知道她为我有了一条出路和前途而感到满足，那是一种女人的幸福。

妈妈来了以后，我已经在通州找好了一间看起来非常不错，有空调和装修的房子。带着灰暗心情住在那暗无天日小平房的日子一去不复返了，我也很开心妈妈不用跟着我受委屈。虽然让她尝到更多的幸福祥和一直是我的心愿，但无奈总是拖着没法实现。说是需要一个人陪伴，不如说是需要让自己放下心来好好生活一段。搬到安家楼之前，我没想到，自己的状态和生活会成了一种难以用言语说明的情形。

在我的记忆中，妈妈相当于我的贵人和天使，在我需要转机或者帮助的时候，她总会用特别的方式出现在我身边，帮一把力或者扶持一下。我记得她为我做的那些事，也记得我成长的路上，她教给我的那些我一生也用不完的智慧。

小时候就经常看见年幼的妹妹由母亲领着。妈妈总是牵着小妹妹的手，去了这里，又去那里。寒冷的冬天，每个小学生都要去生炉子。每次轮到她的时候，妈妈总是一早就起来和妹妹两个人穿戴好。那时，听着远去的脚步声，整天忙着上学的我没法理解和懂得一个操心自己孩子的母亲的心，更没法理解母爱的伟大和无私。

离家上学以后，暑假回家，发现在爸爸妈妈住的房门上，妈妈自己绣了一个拉小提琴的女孩的图案。在女孩微笑的面容两侧，有许多盛开的鲜花和飞舞的蝴蝶。看着画中的女孩，我知道在妈妈那颗美丽无比的心里，她是爱我的，而做儿女的心里只有一瞬间的激动，过后就忘到九霄云外了。只有到后来有一年回老家，在叔叔家盖被子的单子上发现了那个绣在上面的小姑娘，才一瞬间觉得妈妈的爱是那样伟大。她深厚的爱是任性而不懂事的我永远也赶不上的。换句话说，如果有一天，我有了自己的小孩，我能像妈妈这样为他或她付出吗？我能做得如此精彩吗？

我的生命里有着太多特殊的误读和曲解，但我的生命哲学势必要去真心歌颂伟大母爱的存在。虽然今天的我还攀缘在信仰的前端，在现实的物质中流浪漂泊，但比起妈妈曾给过我的爱，这辛苦和波折是微不足道的。来自一个平凡母亲的爱是一个孩子这生都无法回报得完的，这样的爱无法以普通情感的标准去衡量。我只有一个母亲,对于我们每一个人,这都是事实。大约那些最珍贵和最值得回忆的人,总是我们最容易忘记和忽视的人,但他们才是最值得珍惜的人,他们在我们最困难的日子里给我们关怀和勇气,以及继续奋斗的信念。

  我总是会被记忆中的感情引向和妈妈一起在夕阳西下的黄土路上散步的某一天。四周的风景傲然挺立,风和日丽,不远处的泉水和河塘在金色波纹的光线中沉默、静谧。不能想象,多年前,那个纯真可爱的我是那么幸福地在妈妈身旁,看她一边为我织着一件绿色的小绒毛衣,一边给我唱着那些我再也记不起的歌谣。

2002.5—2004.10

父亲

出于尊重,我是这样臆想老爸的成长的:

时代使然,年幼的父亲饱受贫瘠生活的影响,命运给他戴上了一副严肃的面孔。成年后严于律己的军人生活在天生的聪颖中使情绪肆意燃烧,一种艾艾不得意、不明来由的愤慨伴随着他的戎马生涯。

严肃是父亲的代名词,或许对事业有过的热切期待在往复中被岁月磨损,父亲以略显沉默和封闭的姿态压抑了天性的浪漫,不苟言笑的威严是部队生活对性格的烙印。在孩子眼里,慈爱总离他十分遥远,连比我们大一点的几位姑姑,说起如何惧怕他,都可谓声情并茂,总感觉他是猫,而我们是小老鼠。

父亲一直驻守在边疆,我们各个阶段的生活都围绕他的驻防地点而变动,骨子里也会感染上他的性情。在军分区或武警部队这种政工单位待够后,又在地方学校待了几年，这就是父亲半生的生活轨迹。

父亲年轻时有一张照片，端着冲锋枪，黑白色调下的神色充满坚毅，那是那个时代的常规戎装照。我一向不理解老爸从事的职业，但从这张威武英勇的照片上，我看见了他事业背后的神采。这张颇有点雷锋神色的照片让人看到了他从军的光荣，它被我带在南征北战的皮箱里陪伴着我。

父亲跟家人的交流时而温柔，时而充满埋怨，和坏脾气的大人相处真是跟遇到糟心的领导一样心塞。因此有一年，在我考上了艺术院校后，他特意带全家去照相馆留念，我只觉得头大，因为头一天他还在因为家庭琐事和母亲大发雷霆。军人的外衣包裹着时而保守专制的人格，而这样的事例也比比皆是。

记得那年我要离家上学，在漆黑寒冷的早上，一向严苛的老爸居然在我上车前，过来帮我紧了紧上衣领子，叮嘱了几句场面话。爱在某些场景说无关的叮咛的话，似乎也是他的习惯，除了小时候给我梳过一次头以外，我和他几乎没有特别亲近的交流。中国人特有的那种教育方式让一家人在情感的表达上是这么生硬、含蓄，这种距离感还真是非常割裂呢。想想因儿时未在父亲身边长大而对他的陌生,多年来,总想用自己的努力印证一种血缘上的亲近。或许是未被规训过的成长模式与自己的漂流与游走,让父亲和我的交流显得略微淡漠,但一家人的日常生活,也许是最好的爱的佐证。

我的父亲始终有一颗向着太阳向着党的心,这在他的价值观里已然是他的沃土与雨露。做儿女的我们,在物欲横流的今天,要理解他们的追求,乐意去感受他们那个年代朴实无华的精神——那种长期积累下来的忠于自我和忠于观念的追求,这种追求是不会在这个风雨飘摇的年代中轻易地动摇的。只有在马克思主义哲学中有过提升的共产党员,才会有不为金钱所动的信念,才会在时代的变迁中走自己的路。我相信对有着严肃面孔的父亲来说,这很能证明他的一生。

尽管如今的父亲回归了家庭,但他的一套生活观念和行动早已影响了我们。无论是非功过,我都记得在那些充满花香的日子里父亲的快乐、忧伤,与他那桀骜的孤独。这一切似乎都在我的身上打下了深深的烙印。

2003—2022

西部之情

记得那年回家,冬天的西宁奇冷,到家几天,就接到大胡子孟的电话。孟是郑州人,在我心里,不多言的他是个十分羞涩,也十分安静的人,他总能让人感觉到他有一颗热爱西部的心。他是一位以黑色为主色调的画家,听说他要到西宁来,我的心情顿时雀跃起来。

在他来之前,我就知道他曾经去过格尔木以西的地方。凡是到过西部的外省人,无论是不是我的朋友,在我眼里都多了一份无言的亲近感。西部是一个造就热血友谊、锻炼人格的地域,虽然它的色彩是荒漠中的虚幻,虚无中的凄美,可就是这份无人践踏过的纯粹,铸就了西部的风格。

我很少看到选择只用黑灰的画家,我认为那只会呈现愚钝,但朋友的画中,那布满画面的黑色却很纯粹。他用两种色调表现自己的主题:对生活的思考和知足,里面包含的激情却像拥有所有的色彩——就像西部的荒凉就象征着它的广大。

西部尽管面貌荒凉,却博大,给人感人至深的震撼。当我看到青海湖那具有北极风格的雕琢与旷达,那种不近人情的美,便立刻醉心于西部绵长的山峦与脉搏的震动。这使我特别想说:西部,你是我从高升的飞机上看到的壮阔景致,是我最深梦境里的温暖。天,我是这里唯一对你姿容动情的旅客,有这样雄伟的山脉的灵魂的召唤,我怎么能忍住对大地的爱欲,就如我也不能忍住歌声与音乐对我的召唤。西部锻造了我豪放的气质与一颗火热而容易相信他人的心灵,而这正是大部分西部人的性格吧,我想。

朋友来后,便独自去了四五百里外的青海湖,大约那样他才觉得够路上的味儿,就像到贫苦农村支教,有一种使命感。他似乎也把行进在路上当作一种不由分说的责任。不由分说的责任,这正是我所欣赏的一种生命态度。天真是我的行囊,我要把我对自然的感动随时装上。在现代充满压力和冷漠情感的都市生活中,正需要这种胸怀吧。

朋友回来后,在他住的房间,他非常可爱地从他的箱子里拿出一张写了不多文字的纸,给我念他的感受。他说,那是他以前在火车上写的，写他对西部的感情。他此时有着郑重的表情，我相信我们对自然的感觉，有时很像一种爱情。

　　阳光照在旅馆浅绿色的墙面上。在那间暖气充足的招待所房间里，我聆听着朋友的朗读，有些感动。我们都是同一种无来由地崇尚着生活在路上的人，只要有一天这样的日子，我们生命的钟摆便随之多一点阳光，哪怕这阳光的照射使我们因此而碎裂。

　　屋里的水泥地很光滑，暖气的充足使我忘记了季节，我和他交谈着在西部发生的故事，他与我分享他在夜晚的青海湖边遇到的惊险。

　　这些年，我偶尔地想起那张已经好久不再见到的面孔，但再也没有读到过他饱满的西部之情。

2004.10

老友记

这些天,广源给我打过电话,他是个十分有意思的人,也是我曾在广州生活多年的一个见证。我问他借过钱,也钻到他家的阁楼住过几天。也许是他的豪迈和大方,使我们交往了许多年,至今还有来往;也许是这个经常为我拍摄照片的哥们,个性不同于当地人的实际,使我觉得这个世界还很有希望。

他是我在广州最早认识的朋友之一。相熟起来,完全是因为若干年前的一部广告。那是个有故事情节的小短片,短片中,形象矮小而滑稽的广源兄作为一个准男友,演得十分到位。因为短片中那个有些痞气的人和现实中的他性格很吻合,我们也因此有了不短时间的来往。人和人之间就是特殊的缘分,这么一次机会,造就了我和广源兄长达十年的友谊。因为他是个喜爱文艺的人,为人又豪迈,加上平时就喜欢和各种各样的美女来往,于是乎,穿过各种直直歪歪的小巷，他那个不大，但在广州实际上已经很不错的工作室就出现了。

这些年，我对广源兄的生存是毫不了解，但他的个性就像有次到北京找我的那个人一样，随意又安稳，海派里面有一点霸道。这家伙还有几手绝活，大概是谁也学不来的。他酷爱美术，也喜欢知识，十分讲究书籍在他生活中的位置，同样的书他可以买两三本以上，各种书籍把他那二层的卧室书房占据得像个小型的私人图书馆。在我看来，他那些爱好呀"发烧"呀全是对文艺的顶礼膜拜，也是一种理想吧。他的痞气中带着侠气，这成了我们来往的基础。我十分欣赏有侠气、不计较金钱的人，而随着我们的友谊的发展，曾帮我拍过很多照片的广源兄也就如海浪中游戏人生的海豹，经常不是给我来个短信，就是邀请我去其现在所在的上海逗留、玩耍。

我虽然很为这样的老哥们感动，为那个依然在赚钱和浪费钱的人物感动，但也由于没有规律的生活，加上现在生存的压力，根本就无法对我们昔日的友情做出丁点贡献。我知道那个嘴里老挂着黄段子的摄影师，其实是个心地十分宽广，为人潇洒的人。在他身上看不到广州人的油气和实用主义，他是个典型的豪迈的理想主义者。他是一个不折不扣的活在边缘却永远在渴望中心的那么一个可爱的老友。

流星

在城市，当友谊也蒙上灰尘，变得不再让人信任，人们就会更多地养狗、养猫，因为与它们的情感比人与人之间的情感来得单纯、安全，没有那么多利用色彩。当朋友之间的感情成为相互制约的砝码，你会对生活失望，会有最大的悲伤。我曾体会过那样的情感，但当我想起另一些珍藏在我记忆中的目光，我的心不会继续疼痛，而是仍然通过微笑着的默许发出对这个世界的信任。

是的，我相信生活，因为心存天真的理想主义，为了感谢那些曾在我生命中留下足迹的朋友。我依然一如既往地歌唱，是的，歌唱对生命的爱，就是对生活最大的感谢。歌唱每一份在岁月中流逝的友谊，也是我对生活的感激的一部分。

这几年，我最好的女朋友恐怕要算路了，说起我们友谊的开端和结束，还是有许多美好的感受。就像路后来在

"在黑暗的夜里照亮我,并温暖着我的回忆。"

作家出版社帮我出的书里写的一样：生命里会出现这样一个奇特的伙伴，这有点像早晨醒来，你突然发现你的枕头旁边有一件散发着神秘感的礼物。你不知道它来自哪儿，你甚至不相信它的真实性，但它从此伴随着你的将来，并且因为它珍贵，所以不可丢弃……

我和路认识在1995年云南大理路边的一家饭馆。九月的云南风景秀丽，我很奇怪，在一个陌生的地方竟有人喊出我的名字，我也喜欢这陌生的感觉。那次呼唤把友谊的纽带种进了我们心里。路和我是两种类型的女孩，她多思、多情，且饱含关爱的心意。初次接触，你会觉得她唐突、热情，又有些娇媚，久了你就能品出那其中的淡定、坚强和博爱。她确实是博爱的，我想，周围的朋友都欢迎这样的朋友，而我和她更是因着感情的错落而将对方当作可以甜睡其间的怀抱与渔网。

记得那年我们一同看一部叫《狂恋大提琴》的电影，我觉得这部电影很像我们曾经的经历，也更使我从我和路各自的命运上看到人生无常。

我们是对方的网，在其中让岁月织出了醇厚的情义与关怀。时间的水流中，友谊变为亲情，好像一本书页发黄的纪念册,任我们静静将它阅读;又好像那独自开放的花朵,每到一个时辰,就绽放出自己的香味。尽管友谊像爱情一样,有时也会有它的时间、它的来去,但只要自然,其实死亡也是一种美丽。

当爱情在我心中成为一道亮丽夺目的彩虹,友谊就不会是过去生活中沙漠留下的影子。每当我需要它,每当我想念它,它就如一盏在床头悄悄散发着淡蓝色星光的台灯,在黑暗的夜里照亮我,并温暖着我的回忆。

2003

盲流岁月

最有故事的还属我后来在通州和管庄两个地方的房东。

前者是个细眉白肤的漂亮妇人，打一见面我就被她迷人的风采给折服了，加上她那住地装修得跟宾馆似的，我也就不假思索地在合同上签下了我的大名。

后来我这个人不是把洗衣服的水漏到楼下，就是让警察找上门看暂住证，弄得房东阿姨天天围着我转。再就是把钥匙给丢了一次又一次，没辙。最后一次和房东阿姨的交涉还没完，我又没安歇地把人家门给卸了。好好的房子被我住得一塌糊涂，加上是是非非的个人事情，人家也就没有心情再次说好话了。

这么着收拾走人，还欠着房东阿姨最后日子里的那一二百块钱的落户费，我就告别了每天熙熙攘攘地下课的小学生，搬到了管庄新修的常营一地。

常营本是个回族散居村,政府一来二去为民族建设做了很大贡献,先前那些住胡同的主人翁如今都住上了宽敞明亮的住宅楼。那楼修得漂亮,小区环境比有些商品房还优良。这都不说,一入院才知道,更神的是,有些人家分了两三套房都不止。

我们就是和这些老大妈老大婶同一时期进来的。这块刚修成的小区没多少人,搬完家当天晚上出来,走在路上,和朋友们说说笑笑,只觉得又到了另一个故乡。

房东两口子人好,慈眉善目。租房就得是这样,关系顺、房价低、地方又不错,也就可以了。整整九十多平方米的地儿,好大的客厅加上一大块落地窗,说实话,头一回,我还真有种住到自己家里的感觉。说归说,这里,总是人家的家。又清净又没多少人住,老远也打不着一辆车。买菜什么的,就更是远得只能把它当成锻炼身体,走一趟可算是累到家了。

"那墙白得……"这么着叹口气,时辰也就变了。转眼一年多,物是人非。别的不说,每天院子里来回的人多了,那条马路也塞车了,不像先前,像住到一个无人打扰的地方。在城市,再怎么偏僻,再怎么远的地方,到头也是城市的,它也要都市化的。

　　随着这里房价的看涨,民族小区的租房生意开始越来越好,我遇上恶房东的命运也来到了。

绘画

绘画是什么时候进入我的需要和生活的？大概是上小学后不久。也许是当时我的生活过于沉闷，就像现在这样，心灵受到了桎梏，所以当我从一个伙伴那里看到一幅他认识的哥哥画的画时，我的心灵被震动了。它只是简单地描绘了一艘在深沉的海面上停泊着的轮船——或是前进着，天际的云朵低垂，而我感觉到艺术心灵的觉醒。好像在这幅油画（或者是水彩画）面前，我已然看到我今后的人生。

随着年龄的增长，我渐渐有了丰富的生活经历，我经历过的也许比起小说要复杂和美丽很多，也比小时候曾启悟我的另一幅作品要沉重得多：在惊涛拍岸的海边，在漫天云朵下的岩石旁，一个拉小提琴的女生的背影和她飞扬的长发在画家丰富的表现手法下显得大气磅礴、情怀怡然。

那时我没有料到在儿时有限的阅读和感受经验里，绘画的影响是如此之大，而到我真正从事艺术、写歌唱歌，绘画也变成了抒发情怀的一种力量，成为逃离现实生活的一双翅膀……一直在我崎岖的音乐道路上默默陪我前行。

装在箱子里的女孩

曾经有一年，我在西宁家中跟萌萌通电话，电话中她的声音是陌生而晦涩的，虽然她是个温厚而活泼的人，也是在我为数不多的几个女性朋友中相当了解我的。我喜欢把自己的烦恼一遍遍讲给她听，让作为知性女子的她讲出特别透明而令人欢喜的道理。在那些与人文、艺术以及人道关怀有关的对话中，萌萌在我生活中扮演的是一个可心的红粉知己。

她是一位佳人，长得俏皮活泼，我的镜头很多次记录了她的踪影。在和她十几年的交往中，她像一个影子一样在我生活着的北京市留下了很多温情与关怀。

我们对彼此是否有真正的了解并不重要，那些像电影一样的画面，便是生活的馈赠。它们记录了我们的成长、衰老和凋谢，我们曾在对方生活的河流里看到过自己的影子，就像戏剧之王莎士比亚的那个在河边自杀的女主人公奥菲莉亚一样。我们常常为那些只言片语感动，也被许多可爱的生活玩意儿给吸引。对我们两个有过心意和灵爱沟通的女孩来说，生活是特别美妙而富有诗意的。

我们也有自己的烦恼、忧愁和悲伤，这些都是爱情故事里的插曲，我们熟悉各自朋友堆里的人物和他们的性情，也了解他们对理想的渴望与背叛，但我们还看不到自己在短短一生里的真正归宿。

有那么一年，我去萌萌曾经住过的小屋，发现里面摆着一张可爱的小画。我认识的真正画画的女人很少，我真没看出来，可爱的萌萌有这般才思。尽管那是单纯的、未受过训练的作品，但我仍然痴迷于这份浪漫，一个人骨子里至少应该是浪漫的，不管她是什么星座的人。

有一回我去她家玩，在萌萌边做饭边听我朗读我的作品（一些散文的片段）的同时，她也翻开好久未动的日记（她说每到不开心的时候就会记日记），朗诵其中的片段。那晚我们过得特别开心，温暖的感动像火苗传递在两个人的手心。聪明的萌萌是可爱而有灵性的，没有人比她更知道我的另一面了，正因为如此，我特别希望她像我别的朋友一样过得幸福。

我们都是快乐值特少的女人,要求得太完美,总是付出,回报却少,总受伤害,却不顾一切。

2004

我的演员梦

说起艺术与娱乐的界限,话题似乎不那么讨人喜欢。但只要说起我过去从事过的老行当,时光就似乎把我从此刻的2009年一下子飞速拽回一个遥远的只有黑白照片的时代。那是蕴藏着我青涩少年时光的一个时代,想起来它是那么遥远,好像记忆中的一个黑点,我努力地搜寻着与它相关的可亲记忆。

那时候,我和亲爱的父母还有可爱的弟弟生活在遥远荒凉的草原小镇。因为物质生活的贫乏加上地域的落后,我像别的孩子一样,心里十分向往那五光十色的电影和画片上的生活。提起来还有些不好意思,我从小最大的梦想是当一名了不起的电影演员,因为在我把我所知道的职业都想了一遍后,发现只有做演员才能最大程度地满足我的愿望:在这一生里尽可能地体会各种各样的人生。

因为觉得自己不漂亮,有一次我问过母亲"当演员是

"在这一生里尽可能地体会各种各样的人生。"

不是一定要漂亮？",在得到妈妈"并不是如此"的答案后,我才在半信半疑中开始不停地为自己设想着所看过的电影里的画面,并时不时地在背地里模仿着他们的表演。只要父母不在屋里,我有事没事就会对着镜子练流眼泪,因为好像听大人说起,看一个人会不会演戏,首先看他懂不懂流泪。

年头的时候,我拿着存了很久的零花钱,订阅了一本那时最早的电影杂志《大众电影》。从那上面,我了解到了许多之前看不到的电影和演员们的情况。与此同时,我喜欢上了画画,经常对着画报上的演员在图画本上画美人头,那算是我对偶像这一概念最早的理解和表达了。我更喜欢的是照相,那时我更想不到长大以后会有机会去做一个专门让人照相的工作——模特儿。那会儿,只要家里没有"蘑菇云",父母亲的感情转变为和睦,某一个星期天或节假日,父亲和母亲就会带着我和弟弟,在镇上的红旗照相馆留张影。此后,家里的影集中便会多几张我绷脸咬唇或是弟弟大睁着眼的照片。说起来也真好笑,每当一张照片出来,我都要仔细看好几天,从中发现我的哪些举止不合适,想着我下次该怎么做。那会儿,照相馆的设备也是老旧，照一张照片要等至少三天才能取，所以每次照完相的快乐之后的等待显得特别让人心焦。

等上了初中，有了零用钱，也有了点儿自主的权利，便总会趁着寒暑假和同学或者姑姑们去照相馆合影，以记录下珍贵的情谊。那年我偶然回家和姑姑们相聚，依然能从宝贝似的几张照片中看出，当年她们对把自己印在纸片上的那过程的激动心情和我如出一辙。

随着电影的普及和物质条件的改善，我逐渐在别的地方找到了乐趣：在学校演出文艺节目，在艺校和同学一起自发排话剧，加上在书本中发现了一个神圣可亲的世界，随着时间的流逝，我的演员梦逐渐被忘在九霄云外。

尽管后来也参与过影视方面的表演，但因为选择了音乐，做演员的热望也就逐渐平淡了下来。不过，我还是心怀梦想，有朝一日，只要条件允许，我还是准许自己去玩玩导演什么的。

看来，我对影像的热爱还是那么强烈，谁让它总那么具有诱惑力呢？

野年

  我是个四海为家的人。过年了,我寻声而来,好像人群里围着一个巢,让那采集花蜜的蜂儿围着它转;我又似无牵挂的夜狗,露着一副獠牙,蠢蠢欲动欲奔赴千里之外。我像一个正经八百的战士,手握着一杆猎枪去狩猎我熟悉的世界。星空万里,从赤道到黄河,从新几内亚到格陵兰岛,我的思想已经替我抵达了我想去的所有地方。但看那拥堵而来的人情世故,从北京到新疆,从南方到故里,如果你有最酷炫时尚的谈资,上通天文地理,后说孔子论语,你好像就变得全知全能。而我这个边缘行者的"野年"是四五年前和一大桌子西宁艺术群落里的朋友吃羊肉,十几年前和朋友去青海湖钓黄鱼。

  前几年同学们也还聚会,一起打探人间虚实,玩起比较文学,确认着三四线城市楼市的价格浮沉。再一年又是和年轻一辈一起去山野里聚集,在冬雪里探险,寻找古旧的洞穴，唱尽黄河曲谱。

　　喜欢嬉皮士的烟雾缭绕、朋克的论调，又追逐中年人的油腻食物和实用消费主义，但我实在是个不离不弃地坚持着的梦想家。

　　少年心气不会受到年龄的左右，只有不平坦的皱纹在诉说光阴荏苒。在流离的人生梦境里，我还是要奔赴吃喝的战场，应该说，吃喝玩乐里是思想的碰撞和久违的情感汇集。

　　年又快到了，我一面装载货物，运输着心情的能量，一面在认知视野里培育不断新发的种子。无论是以诗歌还是其他什么方式，要么你是垂钓岸边的现代姜子牙，要么你就是拿纸笔当刀剑的新世纪卫士，要对这后疫情时代的现实来上一刀。

2022.1.19

后记

我问青春常在

我向往用文字表达我对生活的感受,那是因为在我弥留的青春里,可以叙述的、能被记忆套住且又值得回忆的事情并不多。如果可以假设,我想那种真实是对我生活的最好解释。

夜晚,我常常一个人在电脑面前,像失群的狼,在世纪荒漠的顾虑中感到忧伤。我的心里没有疼痛,只有闪烁在希望里的一丝丝怀念,那是音乐给我的感动和温暖,是情绪在感官中游走所产生的一种力量。

我从来就没有感觉到这样一种生活:它正用它本身就具有的含量丈量着我的生活。这使我绝望,然而激情在燃烧的火光中让我再次饱尝创作的快乐。

我常常想,可能正是这种自由的情绪使我无法整块地描写出我的生活,然而碎片、故事以及情节性的东西正有力地把我整除着,这是因为我所渴望的生活太少也太简单了,它们和我贫乏的感情生活一样,被物质和水给包围。往事中那些被埋没的部分正是我曾拥有这青春可能的证明,尽管它们与这个现存的世界已毫无瓜葛。回忆它们使我具有活力,这就是生命的价值。